拼字遊戲

維克 著

【各界推薦】

〈拼字遊戲〉撩動著我心底的男性欲望，同時令我想起自己的寫作與生活，正如同那貌似充滿可能與選擇的拼字遊戲。可誰是它真正的主人呢？隨著引人入勝的懸疑情節步步深入，結局讓我會心一笑，是呀，那是我們本該知道的答案。維克的文字給了我一趟幻想的旅程，卻未讓我迷失的迷霧之中，最終拉著我回到極為單純的現實。

——湉瑞士（獨立教育工作者）

不論是〈拼字遊戲〉裡那座老舊而風格詭譎的旅館，或者〈迷霧〉中白霧濛濛的台灣山林，作者成功塑造了場景，將懸疑、靈異的劇情在此舞台推展。

而隨著主角一步步走入謎團，故事的走向也逐漸出乎我們的料想……

——巴西母（品牌文案編輯）

目次

拼字遊戲

眼前這名男人想抹去頭頂的熱度，吧台上方的吊燈落下暖色光圈，彷彿要將腦袋烤熟般。然而沸騰在他顱腔內的並非只是酒精的催化，還有那些影響睡眠的午夜絮語。有將近一個鐘頭男人都在長桌前抱怨著，我記得他從自己手中接過的每一杯酒，卻始終無法記下那些不知所謂的細節。面對客人，我的每句應對皆無關脈絡，更何況這位理光頭的美國大叔講的並非中文。

「你英文講得很好，別老回答那幾個字。」

「抱歉，我只是一個酒保。英文講得很差。」

「狗屁！」他忽然以掌腹支撐額頭，好似在抵抗下墜的鉛塊。見他喝酒喝得臉紅脖子粗，相當擔心對方會沒來由地朝自己發怒。「你真的有在聽我說話嗎？」大叔又抱怨道。

「我都有在聽。」其間我正沖洗著玻璃杯。

「那我問你，我們剛才聊了什麼？」他終於抬起了頭，露出滿布血絲的眼白。

「我記得……是關於樓上的拼字遊戲吧？」

所謂的拼字遊戲就位於旅店二樓的公共空間，原先是為了搭配百老匯風格裝潢而擺設的圖版遊戲。由於對弈玩家偶爾拿起裝著字母牌的麻袋把玩，不時會發出塑膠板相互碰撞的聲響，那像極了麻將洗牌的噪音，也是晃動在美國大叔夢中永不停歇的海浪。

「結單，麻煩了，」對方順勢嘆息道：「今晚怎麼那麼冷……」見他臃腫的背影一路爬上階梯，套在寬厚雙肩的花襯衫上斜著一株夕陽下的棕櫚樹。猜想大叔也許是將台灣錯認作泰國，而沒準備冬衣，才會如此無奈地在溼冷的日子裡穿短袖。

光線中飄著細小的塵埃，彷彿壁紙脫去了皮屑，在末端微微捲曲。這棟三層樓的老舊公寓在十幾年前被翻新成戲劇主題的旅館，正門面對一片約莫半個足球場大小的停車場。那塊地曾經也是老屋叢集的建築群，原先計畫在拆除後改建成新的社區大廈，卻由於周邊鄰居抗議建案落成後可能影響自家採光，最後也就不了了之。日子久了，人們漸漸不覺得這片被住宅環繞，又遠離大馬路的停車場有何不協調，剛好為我們的旅館提供了一處開闊又相對隱蔽的環境。

儘管前天才到任，大學以來在酒吧兼職的經歷讓自己少了一份生澀，打從第一天就必須單獨處理吧台上一切事務，卻沒感到一絲壓力。我又開始清洗杯具，其間有名年約三十、穿著套裝的女人現身於燈光下。她沒有拿起酒單，只是低著頭默默地玩手機。悄悄看了她一眼，發現對方幾乎是一動也不動地坐在那，猶如一道投射在黑幕上的浮水印。待杯子洗好了，女人隨即開口說道：「請給我一杯Highball。」

於是我取下高球杯，一粒一粒地放入冰塊，盛滿之後，就著杯緣注入蘇格蘭威士忌，再以長匙輕輕攪拌底層，最後倒入蘇打水直到冰塊慢慢浮出杯口。

「以前沒見過你，新來的嗎？」她終於放下了手機。

「我也是第一次看到妳。」

她忽視了我的玩笑話，「你才剛畢業吧？當過兵了嗎？」

「我近視太深了，不能當兵。」

「所以……你有帶隱形眼鏡囉？。」

「沒有。」我傾身看著她說：「這樣比較朦朧，不用調成美肌模式看任何人都很美。」

她露出了輕浮的笑容，「小朋友，你覺得我幾歲呢？」

「剛滿三十吧？」

「我喜歡這個數字。要是能永遠這樣就好了……」

往後的兩三個禮拜，女人偶爾會在午夜時分來到吧台，有幾回她也像頭一次見面的那天緊接在美國大叔之後出現。恰巧的是，他們兩人從不曾同時坐在長桌前。女人講過她看男人第一眼看的是腰圍，大叔肯定不會是她欣賞的菜色，而當下我竟錯認作對方是在勾引自己。女人的目光，那份始終落在手機螢幕上的執著，老早將我的妄想打落無底深淵。有時甚至懷疑自己僅僅是不吃紙鈔的老舊販賣機，只要投個零錢就必須吐出一杯廉價的醉意。

「今天喝點別的嗎？」

「請一樣給我……」

我沒來由地打斷她：「今天沒有Highball唷！」

她惡狠狠地瞪了我一眼，彷彿自己是擄走幼童的人口販子。不敢離開對方的視線，我緩慢地舉起手摸索架上的高球杯，同時擔心會不慎推落酒杯。

高球杯的外形介於科林斯杯與威士忌杯之間，相較於前者高瘦，又較後者矮胖，實屬中庸體態，約可盛300毫升的雞尾酒，就像一艘衝破現實的船，帶領水手滑入迷航的微醺。

在女人眼中我大概只是Highball的代名詞，一項承接需求的載體，重要卻不起眼。直到最後一天她總算主動開口了：「我接下來要出差，你會有好一陣子看不到我了。」

「這麼突然？」

「是呀！害怕會想念我嗎？」

「少來了。給你一杯Highball吧！我請客！」當下我的笑容肯定是面對成熟女人那般靦腆，卻又少不了自己的一份調皮。

我刻意將威士忌換成了蘭姆酒，調成相同深色的Highball，心想著她會發現，甚至可能向我抱怨。但那夜她喝完酒後卻無聲無息地離開了，對自己而言像是留下一桌殘局。我其實只想多給她一點甜味罷了。

女人消失後的下一場周末夜，美國大叔也正準備結束他在台北的假期。離開前那一夜，他提早來到了吧台。

「愈來愈冷了……聽說下周還會有冷氣團。本以為台北是座熱帶城市。」大叔摸著圓滾滾的肚子，像是才吃過晚飯。

「你今天比較早來。」

「因為我明天還要趕八點的飛機。」他照樣坐在吊燈的正下方，「最近睡得好，也都比較早起。」

「很好唷！那些聲音不見了嗎？」見我講這句話的同時，右手指在太陽穴旁繞了幾圈，大叔似乎認為自己在嘲笑他。

他忽然以堅定的語氣說道：「小夥子！聽好了，那些聲音可不是幻覺。」

「抱歉……我不是那個意思。」

大叔搖了搖頭，「沒關係。無論如何，至少都不會在此留下不好的回憶。」他傾身接過我手中的啤酒，「說也奇怪……雖然能安靜下來算是件好事，卻又開始懷念那些字牌的噪音。講起來，有那麼一點像小時候在睡午覺時，聽見媽媽在門外準備晚餐的聲音，想著想著，彷彿還能聞到烤馬鈴薯的香味。」

「我也喜歡那種感覺，很溫馨的。」

他舉起酒杯致意，「也幫你自己到一杯吧！我請客。」

「好的。雖然是上班時間……總之謝了。」

「這是我應該對你說的話。」

正在倒酒，大叔瞇起眼睛看著前方說：「那就像世界是真真實實地存在著，並非為了應付觀察者才做的表演。無論是在不刻意去感知周遭，或者迷茫的時候，都有種故事正在門外持續發生著的感覺。這對於陰謀論氾濫的社會誠然是一種寬慰呀……」

「一種未知又踏實的感受嗎？」

「沒錯！同時又引人遐想。」

「你都沒有打開門去看到底是誰在玩拼字遊戲嗎？」

「從來沒有過。」

「為什麼呢？這讓我有些驚訝。搞不好就是因為你都不去抱怨，他們才沒意識到自己已經影響到別人了。」

「嘿！小夥子，別怪我這樣說，那不應該是你們旅館的責任嗎？」

「您講得沒錯。但其實到目前為止，也只有您向我反應過這件事，況且再怎麼說我也只是一名酒保。我早就將您的問題回報給櫃檯，還以為你們已經溝通過了。」

「才沒那種事……你也別老是拿酒保當作藉口。」美國大叔一口乾掉手中的啤酒，「總而言之，就算聲音消失了，腦海裡的回音仍舊揮之不去，只是沒那麼討厭了。」他講得如釋重負，猶如才剛結束一場惡夢。

隨後大叔向我借了打火機，離開前他在酒杯下壓了一張百元美鈔。「我出去抽根菸。請再幫我倒一杯啤酒，剩下的就給你當小費。」

不明白這杯酒是不是留給自己的，總之美國大叔之後就沒有再回到吧台了。打烊前我才將桌面上的啤酒收回流理台。

由於人力上的調度，短暫代班打烊的我，被要求轉去支援吧台的開場時段，晚班則交還給才剛結束長假的學長。一般而言，在夜班未到崗的八點以前，吧台主要供應的是咖啡、奶茶以及蛋糕等下午茶餐點。然而這棟包裹著八零年代美式音樂劇的老舊旅館，時常令人感到時間錯亂，調不完的時差，加上爬滿壁紙的奇幻歌舞總未曾落幕，長住於此不免被搞得精神衰弱，以至於總有住客抱怨白天裡喝不到調酒，才會想在吧台上預備一名可有可無的酒保。但上述的需求終歸少數，如今我還得向早班同事請益怎麼在奶泡上拉花。

「大材小用了唷！調酒師。」穿棉質長裙的女同事拿起鋼杯準備教我沖奶泡，儘管她圍裙裡穿的只是單調的白襯衫，卻填滿了我對女僕的幻想。

「學姊，我只是酒保，不用那樣調侃我。」

「調侃？請說白話文，一般人不會說這麼艱澀的詞彙吧？」

「艱澀也算是不艱澀的詞彙嗎？」

「不然要說什麼？冷門的詞彙嗎？」她手指著下方的小冰箱，「幫我拿牛奶，那個人等一下又要來找麻煩了。」

對方所謂的那個人正坐在吧台前等咖啡，菱格紋的襯衫外罩了一件純棉的西裝外套，樸素卻不失格調，看似配合當前工作的必要穿著。

「什麼意思呢？」我問學姊。

她遂壓低了音量，「你應該知道很多人都來這裡開房間吧？」

「然後呢？妳在暗示什麼嗎？」順著她的話，我不由得靠得更近了。

「走開啦！告你性騷擾唷！」

「喔……對不起。」

她是真的有些生氣，但理當明白我並非有意戲弄她。

「好啦！你快過來看一下要怎麼弄，下一杯該換你作了。」學姊熟練地刮去鋼杯上層的氣泡，並放在桌面輕敲了兩下，隨後緩慢地將奶泡倒入咖啡杯。但我終究沒看清楚那隻綿密的天鵝最後是如何浮出杯口。

「完全沒搞懂……可能還要再麻煩學姊示範一遍了。」

「沒關係，那待會再說吧！你先幫我拿給他。」

遞完了咖啡，我馬上回到流理台接過學姊正在清洗的鋼杯。她再度壓低音量說：「那個人是記者，很不受歡迎。老闆很注重客人的隱私，他來這兒就是為了挖新聞。你跟我過來……」她拿起抹布帶我到咖啡機前清理蒸氣管，白霧更模糊了她細小的聲音，「他上次還拜託我幫忙監視一個人……」

「監視誰？」

「小聲一點啦！」學姊擔心地望了吧台上那人一眼，隨即又回頭說道：「後來我拒絕他了，我猜……他等一下肯定又想麻煩你。」

「沒關係，我不介意，我很會拒絕人。」

學姊送了我一對白眼。她在圍裙上抹乾了雙手，便逕自躲進儲藏室。

結果那名記者幾乎天天來訪，每當他坐在吧台前，學姊老差遣我去打發他。同樣從事需要頻繁面對人的工作，我和他自然都有許多令常人無法抗拒的開場白，然而偏偏就是身處在如此敵不動我不動的尷尬局面，我倆往往對坐了十多分鐘都開不了口（事實上吧台後方的我經常是站著的）。直到某天下午他終於開口了。

「今天生意好嗎？」

「你是說吧台這邊嗎？」

「抱歉……我想問的是住宿的人多嗎？」

「這個我不清楚，我只負責吧台的工作。」

「但從你的位置看過去，」他轉身看了後方，「剛好面對著電梯，大概也會知道每天人來得多不多吧？」

「或許吧……但我並不會特別去注意，你還是要問櫃檯比較準確。其實客人多半會在來之前先訂房，你有心的話，不用等到當天就可以知道了。」

他面露微笑地說：「她應該早就告訴你我是記者了吧？」指的當然就是學姊。「櫃檯才不願意向我透露這種事情。」

「那麼我就更不方便多說什麼了。」

那次的對談也就不了了之。

而沒想到，下回再碰面時他竟了當地問道：「那個男的……你有印象嗎？現在等電梯的那個。」

「不好意思，我的記性不好。」

「少來！聽說你是調酒師，背了那麼多調酒，肯定很會記東西。」

「那不一樣，是工作上的需要。況且我只是酒保……不是調酒師。」

「英文都是Bartender，不是嗎？有什麼差別？」

「可能就是Journalist和Reporter的差別吧……但應該也不是那種問題。」

「算了！我知道你是不會幫我的，」他感嘆道：「要是我能站在你的位置就好了。」

「假如你真的站在我這個位置，或許就不會再對那個男人有興趣了。」
「那倒未必！我想跟蹤他，並非僅僅因為我是一名記者。」
「那又是為了什麼？」
對方沒有回答。隨後他將剩下的咖啡推到面前，「這個請幫我收走。還有，請麻煩你幫我調一杯Negroni。」
「好的。」
我依序自架上取下琴酒、香艾酒和金巴利，此刻學姊正悄悄側著身子靠了過來。「你不是說自己很會拒絕人嗎？怎麼感覺你快要掉入他的圈套了。」
「你這個小女生懂什麼？我是要把他灌醉，好讓他回家睡覺。」
「好唷！我是比你大五歲的小女生。下次別想要我教你新的拉花！」
「傻傻的……我是在稱讚妳都聽不出來。」
「我當然知道呀！那麼……記者先生就交給你這位大調酒師處理了唷！小女生我先行告退。」
調Negroni，我習慣先將琴酒倒入攪拌杯，再將兩副量杯中的紅色香艾和金巴利一併倒入。如此一來，等比例的三種酒就能同時混合，沒有先來後到的順序。儘管酒精濃度上各有強弱，我仍謹守這表面平等的戒律。穀物的香醇、果皮的酸甜以及草藥的芬芳，圍繞著長匙延展出新的生命，各類基酒的性格還在，卻已誕生了新的靈魂。接續將攪拌杯內的產物倒入威士忌杯，填補方冰與壁面之間的縫隙，最後在杯口覆蓋一層柚皮香氣。一杯Negroni就此完成。

「那天我也是喝了這杯酒，雖然味道不太一樣。」對方才抿了一口又將酒杯放回桌面。
「哪一天？」基於酒保的自尊，我委婉地問他，「口味不習慣嗎？」
「出事的那天。」
「什麼意思？」
「你是新來的吧？」他微笑著抬起了頭，「肯定沒見過那個沉迷於拼字遊戲的女人。她老看著手機，彷彿相信解開了謎題，就能徹底擺脫毛線糾纏般的人生。你們樓上的那盤棋，彷彿就是為她而擺設的。」
「我想我看過她。是不是頭髮長長的？上揚的眼尾雖然很細，卻相當有精神」
我自負地打破了對方自以為是的推測，竟而換來他不以為意的恥笑。
「那怎麼可能……」他瞪大眼睛說道：「要不是你瘋了，就是我已經來到地獄。」
隨後記者先生又接續點了兩杯，可見他並不討厭我調的Negroni。而從他那缺乏脈絡的敘事方式，我很不明白對方到底經歷過什麼。總之在那所謂的大事之後，他進入了一場狂亂，一種感官的剝離，以及世界永恆地曝光。彷彿地球減緩了運轉速度，使得長夜拖曳在黏稠的星軌中，以致溶解一切特徵的時間僅能無聲、隱隱地流淌著，一次攤平了太古到未來。
「你猜我後來夢到了什麼？」他問我。
「我不可能會知道呀！」
「我夢見自己在掛滿衣服的家中失眠，老媽子變得不認識自己，離家出走的太太突然從樓上走了下來，且帶著病態的呻吟。但其實我本人根本還沒有結婚。總之整棟房子陷入了無助的狂亂，最後才在孤身一人的家中清醒，並看著夢裡的荒謬模糊地印在漆黑之中。」
聽到這，我不得由衷地嘆了口氣，「我再請你一杯酒吧……快文班了。」
「謝謝你，」他向後倒在椅背上，「最後一杯了。喝什麼呢？」
「Hanky-Panky。」
「很有趣的名字，大概是什麼味道？」
「和Negroni相比，Hanky-Panky的甜味在前、橙味在後。橙味在前的Negroni富含金巴利的苦香，是現實的味道。要跨越夢的界線，在香甜的Hanky-Panky中回味現實的苦澀，那才是品嚐人生的方式。」
他竟露出了不屑的眼神，「你懂夢是什麼嗎？好的夢總有著纏住線索的特徵，回想起來不會無跡可尋。比方說碼頭上的夜景、街燈，在酒吧中稍縱即逝的綠色長裙，以及一道又一道解開謎底的暗門。那大多是容易描述又稍有連貫性的元素，足以一絲牽著一絲，接著脈絡展開追逐慾望的故事。然而噩夢就不一樣了，它往往是鋪天蓋地而來，缺少時間序和軌跡。一瞬間恐懼將自己完全淹沒，觸目所及的無助，漆黑中的慌亂，所有圖像，好比女人脖子上的勒痕，和塞不進嘴裡的長舌，以及瞪大雙眼看著自己的瞳孔，都像火吻般深深地烙印。噩夢的結構鬆散而崩壞，即便想使勁地將頭殼扳開，恐怖意象依然會爆裂成濁濁思緒。試問哪一個才是你所謂的夢？」
我沒有回答他，只是輕輕地在桌面放上一杯Hanky-Panky。
記者先生在五點左右離開了吧台，走之前他留下一張名片。張仲平，採訪編輯，眾周刊。

我身後的酒櫃右方相垂直一片延伸到電梯的大型壁紙，左側則是建築物向外突出所產生的小塊牆面。吧台本身就像不屬於旅館一部分的獨立角落，二樓以上的同個位置被規劃作客房的戶外陽台，陽台俯視著前方的停車場。

左邊的那面窄牆垂落一條厚重的深色布簾，布簾後方藏著實木構成的方格窗。為避免陽光斜曬，中午過後布簾都是拉上的。

將布簾拉開，朱紅色的夕陽傾瀉觸目所及之處。窗外的吸菸區有道男人抽著菸的剪影，那就是張仲平。

「你幹麼偷窺記者先生？」學姊高舉著手機擋掉她半張臉，鏡頭就直對著我。

「外面光線太強了，妳這樣其實拍不到什麼東西。」

「是呀！真可惜。差點就抓到你暗戀男人的證據。」

「學姊別開玩笑……我可是很直的男異性戀。」

「你又要性騷擾我了嗎？」

「才不是！妳想太多了。」

「我開玩笑的，別在意。」她微微一笑地說，「以後叫我米粉就好了。叫學姊聽起來很老。」

我這才發現她已經換下了上班的衣服，將自己豐滿的身軀塞入一套貼身洋裝。她問我：「要一起吃晚飯嗎？」

「我等一下還要跟夜班的學長交班。」

「沒關係！我會先在附近逛一下，八點再過來。」

「好唷！我這邊應該會提早結束。」

學姊推開了實木製的雙開門，上頭玻璃反射的光線在酒櫃一掃而過，接著就是鞋跟踩落地面逐漸遠離的聲音。這時張先生已經不在吸菸區了，我看著學姊走在黃昏中的背影，小腿和臀部圓潤的線條還真令人聯想到了白胖胖的米粉。然而真要我那樣叫她，感覺還是相當彆扭。

記者張仲平先生離開之後，就再也沒有客人來到吧台，電梯方向不時傳來叮叮聲響。沉澱不下的焦慮伴隨著下午那場對談再度湧上心頭，猶如淺池下竄動的魚群攪起一團濁濁黃沙。

待時針過了七點，我切了檸檬調一杯琴湯尼，隨後就有一名男子來到吧台。

「你在喝什麼？」對方微笑著說。抬頭一看是來交班的學長。

「是琴湯尼。學長怎麼這麼早來？」

我抿了一口酒，他連忙阻止道：「先別喝。也幫我調一杯吧！」

「好唷。」

我自冷藏庫取出冰杯，以半顆檸檬的切面輕抹杯緣，再將杯口貼在鹽盤上滾動，讓鹽巴均勻地附著。接下來依序倒入琴酒、檸檬汁和少許糖漿，攪拌後注滿通寧水，再作一次攪拌，最後於杯口覆蓋一層檸檬皮的香氣。

「謝謝。」學長拿起酒杯，同樣先抿了杯緣，「你也喜歡鹽巴的味道嗎？」

「是的。」我又再度問道：「學長怎麼會提早來了？」

「請了那麼久的假，先來熟悉一下環境囉。」

「以您的資歷應該不需要多此一舉吧……」

「其實我剛才和米粉吃過飯，但她好像很期待等一下跟你的約會，早早就把我攆走了。這才是我的回答。」他這麼說並非刻意挑釁。學長和米粉一起在這家旅館工作已經快六年了，儘管各自負責不同的班別，以往交班的緩衝時段都還有不少機會交談，想必已彼此熟識。若是對於對方有興趣，早就在一起了。

我說：「學姊只是邀我吃飯而已，不是約會啦！」

「開玩笑的，認真幹麼？」

學長反覆無常的性格在同事之間時有所聞，在我剛到任的頭兩段班，旅館安排他教我一些店內規矩，之後他就放長假去了，沒太多機會認識到學長頑皮的一面。米粉曾提起學長以前是花式調酒的翹楚，但由於一次的國際賽事中，他使用含迷幻藥成分的精油作調酒，就此斷送了職業生涯。旅館仍不計前嫌地予以聘用，好像是因為他的親戚是公司的大股東。

「換我給你調一杯。」他說。

「可是我等一下要去吃飯。」

「怕自己酒後亂性嗎？」對方的聲音溫柔而穩重，聽起來真有那麼一分嚴肅。他逕自繞過吧台將我請了出去，「你去外面坐吧。」隨後學長泡起了咖啡。「米粉不喜歡過夜的咖啡粉，她說旅館的老舊氣味會吸附在上頭。這罐是你磨的吧？」

「是呀。傍晚沒什麼客人，我磨咖啡打發時間。沒想到她如此講究。」

「我只泡一份濃縮。剩下的倒掉了唷。」

「沒關係。既然學姊不喜歡，明天再磨就好了。」

「好的。」

他直接用量杯盛接機器嘴口流下的濃縮咖啡，除去多餘的量，接著倒入裝滿冰塊的雪克杯和伏特加一起搖盪。剛才沒注意到他用冰塊冰鎮了一只香檳杯，如今他倒掉裡頭的冰塊，並將搖勻的酒液倒入香檳杯中。

上酒時，他出乎意料地問道：「你見過那名記者了？」

「有。是米粉告訴你的嗎？」

「那不重要。我只是想知道他跟你談了什麼。」

「他說他在跟蹤一個男人。」

「那在我回來之前。你晚上見過他來酒吧嗎？」

「印象中沒有，這麼說是滿令人好奇。學長自己見過嗎？想挖新聞理當要晚上來不是嗎？」

他卻完全忽視了我的問題。「好喝嗎？我調的咖啡馬丁尼。」

我頓時興起一陣讓他利用完而被拋棄的憤怒，但依舊給了一個完美的答覆：「頂層漂浮著卡布奇諾般厚實的泡沫，咖啡香氣追在蒸餾酒的後勁竄出，是昇華後的濃縮靈魂。」

他咂嘴的聲音不知是何用意，「唷！講得像文案一樣。我只是想聽你說一句好喝罷了。」

學長那種老愛否定別人的聊天方式令我極度厭煩，像長輩們揮之不去的牢騷。稍晚和米粉逛夜市，又不免聊起了他。

「妳怎麼會知道我提早交班了？」我問米粉。
「不是你自己講的嗎？你說你應該會提早結束。不是嗎？」
「是因為妳知道學長提早過來了吧？學長說他剛才跟妳吃過飯。」
「幹麼這樣質疑我？」米粉停下腳步轉頭看著我說，「你該不會是吃醋了吧？」
「當然不是！妳想太多了唷。」
「唉唷……那種怪人你不用理他。肯定又跟你講了亂七八糟的話。」她隨便下了個定論，感覺真不把那人當一回事。
走進鬧的巷弄，她好似一條魚引領著我在前頭穿梭，逆流而行的人潮反倒像水一般提供了向前游動的助力。米粉全然地融入其中，彷彿缺少這份擁擠，便無法繼續前進。
「我們買上去吃好不好？」她回頭問我。
「上去哪裡？」
「我家呀！我家就在這棟的二樓。」
「妳自己一個人租的？」
「是呀！這裡租金不貴，但是樓下空氣很差。」
「樓下就是烤肉攤，是我肯定受不了。」
「嫌棄什麼！我會關窗戶呀！你真囉唆，到底要不要陪我上去？」
「是可以啦……只要妳不介意的話。」
「介意還告訴你我家住哪嗎？傻瓜！」

電視櫃後方的毛玻璃折射樓下街市絢麗斑斕的色彩，客廳燈光昏暗，似乎配合著主人對於某類電視頻道的偏好。米粉說她特別喜歡看日本的靈異節目，很多時候都陷入不看睡不著，看了更睡不著的窘境。

「我先去洗澡了唷！」

「幹麼洗澡？你不先吃東西嗎？」

她指著我將要坐落在沙發上的屁股大叫：「沒洗澡不能坐沙發啦！」

「對不起！」

米粉洗澡的時間裡，深怕自己身上的髒污可能沾染上壁紙、書櫃和茶几，我什麼都不敢碰，甚至是步伐也踩得小心翼翼。走過她的書櫃，發現一排書前擺了小支的角瓶威士忌。聽見了開門的聲音，我朝浴室的方向望去，她出來了。

「想不到妳也會自己在家調酒喝，調酒師小姐。」

「又不像你那麼厲害。我只是加蘇打水隨便喝喝而已……你們叫那種東西Highball吧？」沖完澡的米粉光著腳走進客廳，腳背上有沒擦乾的水珠。她的膚色很白，小腿和大腿之間有誘人的弧度，膝蓋的輪廓卻不是很明顯。細滑的薄熱褲不時透出內褲縫線。「換你去洗了。」

「我也要嗎？」

「當然！不然你要一直站著嗎？沒洗澡不能坐沙發唷！這是規矩。」

「每個來你家坐客的朋友都要這麼麻煩嗎？我沒有衣服可以換吶！」

「我等一下拿前男友的衣服給你。你快進去洗澡啦！我會放在浴室外面。」

從未想過她是會隨便邀男人回家洗澡的女人，這麼講或許有些貶低她的操守，然而怎麼都覺得對方意圖不單純。我用很快的速度沖洗隨便抹在身上的泡沫，忽然想到Highball連結穿套裝的女人與米粉之間的巧合，頓時心神不寧。拿衣服時，我從半開的門縫窺探客廳的方向，從沙發的背側可以見到米粉包著潤濕的頭髮坐在電視機前。食物的味道瞬間飄來，帶起腹部一陣翻攪。

「節目要開始了，你快點出來！」所幸她說這兒話並沒有轉頭。

「好！」

浴室裡還留有女體的香氛，本想在裡頭多待一會兒，卻給逼著急忙穿上衣服，彷彿被捉姦在床的情夫。上樓吃個晚餐，怎麼搞得現在慾火焚身！擔心對方察覺自己浴巾下的生理反應，換上衣服後，我刻意在浴室外吹頭髮，待思緒冷靜下來。但我剛才根本就沒洗頭呀！

隨後我走向了客廳，「我坐過來了唷！」

米粉專注盯著螢幕，「洗完澡就坐呀！兩支肉串留給你的。」

「沒想到妳這麼潔癖。」

「是我前男友有潔癖，他以前也不會嚴格要求我，但不知不覺卻被他影響了。分手之後反倒懷念起那種感覺。」

螢幕播放著一群人隨意在慶生派對上錄製的影像，慘白的日光燈下，所有面孔都像被擦布擦過一般模糊且失色，嚴肅的旁白伴隨著詭譎的背景音樂，還等不到紅色圈圈標示出那張若有似無的女性鬼臉，雞皮疙瘩早已將寒毛豎直。我不免轉頭望著米粉，想尋求一點安全感，發現她臉上那誇張起皺的驚恐表情，令人更加坐立難安，彷彿從浴室的方向就有股目光襲來，試圖捕捉我緊綳的意識。

「好恐怖……但我喜歡這種感覺。」她淡淡地說了，「在你來之前，旅館裡死過一個女人，你知道吧？」

「不說我都快忘了，聽新聞講好像是吸毒過量吧？」

「那你為什麼還敢來上班？」

「投很多履歷都沒有下文，剛好有了這個機會，當然不想放棄。」

「你都不會怕嗎？值夜班的時候。」

「我才不相信這世界上有鬼，但是看靈異節目還是有一點怕怕的。」

「根本說不過去呀！太矛盾了。」

「不要這麼說。我猜大部分的人都是和我一樣的想法。」

米粉並沒有反駁，猜想她大概也認同我的說法。

「你知道記者先生跟蹤的那個男人是生技公司的老闆嗎？做保養品的。」

「妳不是對那個沒興趣嗎？」

「我是不小心聽到的。那個人以前有上過新聞，好像是被指控迷姦一起在夜店玩的女生，結果最後也沒怎麼樣。」

「只要有錢都可以全身而退吧……」

「你不覺得這似乎有一點關聯嗎？聽說女人死掉當天，那個小老闆也剛好住在我們旅館，只是跟命案現場不同層樓。」

「是唷……總之最後也沒怎樣吧！我覺得妳還是不要管那麼多閒事，小心惹禍上身。」

「我知道啦！說說而已。」

不知不覺看到了深夜，應該要去搭末班車了，但米粉可是一句話也沒說，不知道是否看電視看得入神，她始終都沒有轉頭看我一眼。直到午夜時針切過了換日線，她突然將電視關上。「你今天就睡這裡吧！」

「這樣好嗎？我可以坐計程車。」

「不行啦！你要陪我。反正我對小男生沒興趣。」

「沒興趣還留我下來過夜。」

「再說這種話我真的要把你趕走了唷！」

後來我竟和她躺在同一張床上。

隔著小巧臥室的那道小巧的門，以及外頭的那扇窗，我們共處的世界又縮小了許多，彷彿屋外人囂只是太初微型宇宙爆炸後的餘波，除此之外什麼也沒有了。

米粉要我抱著她睡覺，我體內鼓脹的脈搏一陣又一陣地接收她背部的體溫。湊近聞髮梢的香味，不禁親吻了她的後頸。她轉了頭來回閃避，更激起我想佔有對方的慾望。抱著對方肚子的雙手向下探，往更溫暖的深處走去，結果她扭動起身子，並發出不悅的嬌嗔，慫恿我直接拉下她的熱褲，在這座黑城下露出那潔白的臀部。

「你到底在幹麼！」她回過身來，以黑暗中無法辨識的黑色瞳仁瞪著我。隨後，我知道她哭了。

我不敢再碰觸她，彷彿一頭生滿刺的獸。她卻又愧疚地說：「對不起……我只是想要有人抱抱我。」

於是我朝那片漆黑的沮喪拋出了自己的疑問：「妳是指誰都可以嗎？」

她牽起我的手說：「嗯，誰都可以……但是我只敢相信你。」

她就和其他人一樣只想利用我！怒火燃盡肺腔僅存的氧氣，以至於必須加速大口喘息，才能填飽快速坍縮的思緒。害怕自己會做出恐怖的事情，我像個賭氣的孩子一腳踏出房門。走入客廳，我倒臥在透著夜色的毛玻璃下的沙發，捲曲成一團，變成了一條狗。

「你幹麼這樣……」她蹲下看著我嘆了口氣，「對不起……你不要生氣好不好。我不知道你會在意。我真的不是故意的……你進來睡好不好？在外面會感冒。拜託你不要跟我生氣了，不要像我一樣幼稚……不然我幫你拿一條毯子好了，你等我一下……你真的不進來嗎？那好吧……我不會鎖門，你隨時都可以進來。」最後她又說了：「只是想告訴你，前陣子我男友把我甩了……」終究，她還是消失在黑暗之中。

我背對著電視側躺，聆聽騎樓下的人煙，毛玻璃猶如螢幕透出淡淡螢光。夜市的人潮散去了，巷子裡剩下收攤的交談聲。我聽見有人正在清洗鍋具，有人收起了遮雨的棚架，椅子一張一張被丟到桌面上，擺放獎品的木板被堆疊在路旁，還有一車推往遠方的小麵攤發出逐漸微弱的滾動聲。如今再多的聲響都只能襯托深陷胸口的孤獨，那些光年之外的東西無法碰觸，象徵性地存在外頭，消弭不了空洞裡的回音。學長調的濃縮咖啡的後勁來了，最後我就這麼一人躺在模糊的月色裡，睡著了。

早晨醒來米粉不在家中，桌上留了張紙條：

對不起，我今天不想上班，想出門走走。

不要跟主管講！拜託你了！

眼看早班時間就快到了，已經來不及回家換衣服。進浴室沖澡，出來時看到陽光灑落整片廳堂的景象，這處本該陌生的空間，曾幾何時竟有種恍如前世的既視感受，剎那間居然有了憎恨起那位逃家女人的錯覺。米粉本該是可能與我發生一夜情的女人，然而我只是被拒絕了，又何來道理討厭她呢？當下真覺得自己不可理喻。

下午旅館的生意慘澹，剛好有機會在吧台後閉目養神。偶爾聽見有人走進電梯，都不禁抬起頭來確認是不是張仲平跟蹤的那個男人。隨後我無意間在垃圾桶裡發現了一封信，信封寫了給酒保，還很講究地用了蠟封。蠟封被拆開了，看起來是有人閱讀過：

致我親愛的朋友，

無須多做解釋，相信你知道我是誰，那個被拼字遊戲困擾已久的奇怪老頭。

就算素昧平生，我還是想多了解你的近況，但我明白你不可能回信。由於隱私的關係，我並未在信封或者信紙的任何一角寫下我的地址，我想你甚至不知道該如何稱呼我。當然你若有心去查，入住資料中肯定會有我的名字，提前告訴你那不是我的本名。寫了這麼多廢話，無非就是由於真正想提的事情是如何難以啟齒。到此你大概也嗅到了一些端倪，一位精神衰弱的可憐老人的風言風語。以下所言請儘量不要太放在心上，即便我千里迢迢地為你捎了這封信。

你們的旅館有鬼！請不要懷疑，這就是我寫這封信的主旨。其實我沒告訴你，根本就沒有人玩過那盤拼字遊戲。在我曾經醉得不省人事時，我發現那些字牌就像通靈板一樣在我手中排列出自己的意志，或許這麼說很沒有說服力，即便你認為我瘋了，我也寧願相信那是一種暗示。我的朋友，請保重，以下是我最後看到的東西。

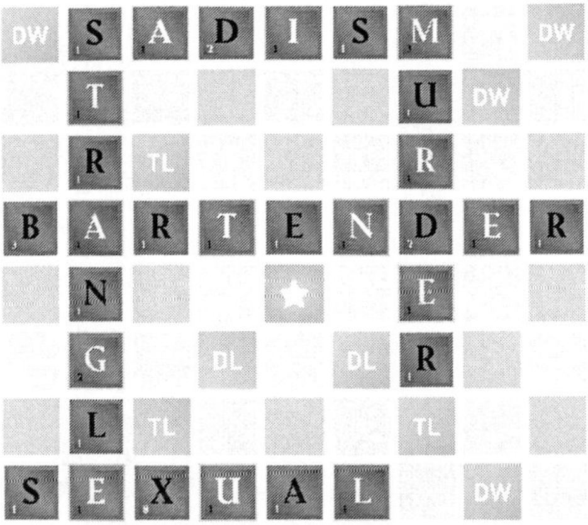

為此，我特地查了字典確認每個字詞的意義：

Sadism——撒旦，或者虐待的意思。

Strangle——絞殺、勒斃。

Murder——謀殺。

Bartender——酒保、調酒師。

Sexual——與性相關的。

我不理解這封信到底是善意的提醒，或者拐彎抹角的指控，當下竟有股莫名的憤怒。分明是大叔自己排的字牌，居然還有臉向我抱怨晚上被吵得睡不著覺？然而再想到打開信的人應該就是學長，他或許只是將收信人錯認作自己才讀了這封信，但理當該把信件轉交給我吧！信封上的酒保肯定就是我，而拼字遊戲中所謂的酒保自然另有其人，美國大叔想必也是基於這個前提才選擇致信給我，想到這兒不免又興起另一股截然不同的恐懼感。我未曾將米粉口中的那場凶殺案放在心上，甚至在張仲平酒後對我吐露真言時，也沒有將他的那些恐怖景象與新聞內容多做聯想，如今卻一股腦兒湧上心頭。美國大叔是否真知道些什麼？

正納悶著學長為何不把信交給我，還如此隨意地扔進垃圾桶，忽然前方傳來電梯的叮叮聲，有人下樓了。

走出來的是張仲平向我打探過的那位生技公司的老闆，他快步穿過櫃檯，推開門走了出去。隨後一名西裝筆挺的男子也迅速地跑下樓跟了上去，那就是張仲平。我來不及叫住他，更沒勇氣蹚這灘渾水。

為了不讓學長發現自己也讀了那封信，傍晚前我刻意磨了咖啡覆蓋在原先信封被丟棄的位置。等待交班的時間裡我到門外抽菸，看見米粉自遠方走來。停車場上一排排的汽車頂部反射著夕陽，板金上的光弧好似一波又一波靜止的浪水，米粉就像乘著時間也抓不住的船，一步一步地慢慢走近。

「今天還好嗎？不好意思，讓你幫我補了早上的班，接下來讓我跟學長交班吧。」

「不用了……我自己跟他交班。」

「你生氣了嗎？我跟學長真的沒什麼。」

「妳想太多了啦……我只是剛好有事想跟他聊。」

「是唷……你真的沒生氣嗎？」

「剛開始是有一點點，現在不會了。我哪裡敢跟學姊生氣，妳這麼兇，動不動要告我性騷擾。」

「白癡唷……沒事就好。那你今晚要跟我吃飯嗎？」

「我不確定有沒有空。等這邊結束再打給妳，可能會聊到很晚，明天我還要代學長的班。」

「喔……好吧。所以明天早上遇不到你了……」米粉似乎還為著昨晚的事情擔心。她離開的路上，黃昏中停車場吹起了晚風，米粉的衣袖裙擺隨著夕陽斜曬的方向飄動，像要吹走了她的靈魂。

當下我才開始認真思考自己到底是喜歡米粉，還是只想和她上床。

夜空降臨，我拉上左側的簾幕，消弭與外部連結所拉入的都市聲景。這些受潮的裝潢，厚重而蓬鬆的牆面，像浸飽水分的吸音海綿在耳膜形成巨大的壓迫。

電梯前櫃檯的桌燈還亮著，由側面望去，如今少了接待員執筆的手在壁面晃動的光影，也許是趁著空檔上洗手間了。果不其然，我立刻聽見沖水馬桶的聲音，低沉又帶點沙啞，就像有人躲在排水管中清痰。

後來一片塵囂打散了闃寂中的詭譎，學長從外頭將門推開，一併推入了整座城的熙熙攘攘。屋外高掛的冷氣壓縮機和馬路上的引擎聲，接連帶起酒櫃上方玻璃杯的共振頻率，原先淤積室內的濁濁渾湯終究找回了器具應有的輪廓。

他很快地來到吧台前，將裝滿酒的提袋放上桌面。「幫我擺到架上吧！謝了唷。」該說對方的行為是隨興亦或不解人情呢？明明已經遲到了，一進來不先準備交班，居然自顧自地在桌面捲起了菸。「放上去就好了，我待會兒再排。先陪我出去抽根菸吧！」我沒有答應，學長卻又自顧自地走出門外。

照明燈立在夜空中，冰冷的光線落入車頂。黑色柏油路面則將那些全部吸了進去，使得光滑表面反射著特徵線的汽車板金好似漂浮在前方。遠處樓房視察著這一切，彷彿宇宙中的閱兵典禮。

「不好意思，剛剛去買酒才會晚到。」

「沒關係，那也是工作的一部分。」

「你真的很好相處。都不會生氣。」

我禮貌地說：「謝謝誇獎。」

「這不一定是讚美唷！」

當下真想揍他一拳！

不知為何，今天下午開始神經就異常地敏感，小小風吹草動都能使自己多愁善感。學長的一根菸解開了黏稠的束縛，後腦杓失速般地像下墜落，一時像靈魂流出了皮囊。

學長突然抓了我的肩膀。「小心！你站好。」
「你該不會有加料吧？頭好重。」
「放心，不會害你的。」猜他是放了大麻。
代班的確認事項儘管瑣碎，其實只是避免人員過於頻繁的換班。我和學長不到十分鐘就填好了那些了無意義的文件，接著他倒了兩份威士忌吞杯，邀我坐到吧台前一飲而盡。
他問我：「你做過壞事嗎？」
「壞事可大可小，你這樣問沒有人會知道怎麼回答。」
「當然是聽大的。」
「我沒有必要告訴你……」我還給他空的吞杯。
「那我先說吧！這是我小時候和一位女同學的故事。」
學長將酌量的水兌入剛倒好的土耳其茴香酒，杯內瞬間乳化成白色的酒水，那像女巫的魔法騙取酒客的神智，叫人逐漸退化成一頭獸。
他說，人長大後之所以還保有夢想，在於年少時有太多無法滿足的失落。若說純真的孩童沒有貪慾，是因為成年人往往無法理解一顆簡單的心，是如何渴求那些不屑一顧的渺小願望。也就是由於天真和單純，對於世界的認識太少，以致不起眼的東西都容易變成執念。那年夏天，他們原本只是在小學的音樂教室看老師上課播過的動畫音樂劇。
綁馬尾的陳潔琳是深得師長寵愛、性情沉著的女生，她和同年齡的孩子相處相對冷淡，彷彿自小就帶著大人的眼鏡，輕視身旁那些還沒長出喉結的小男生，班上的女同學也都由於她在大人面前享有的特權而對她敬而遠之。

孩子們都很喜歡看動畫，但由於課堂時間有限，每學期總有些無法看完的影片。當然，過了寒暑假，自然就再也沒人記得學期末那些沒看完的影片，但對於保管音樂教室備用鑰匙的潔琳而言，既然長假裡只能待在家中等媽媽下班，倒不如溜進學校，拉下投影的布幕，在夜空般閃爍著北極光的教室裡，凝視那一場又一場的童話奇緣。

一個豔陽高照的下午，她穿過一群正在操場上玩躲避球的矮小男生，想避開巡邏的警衛偷偷前往音樂教室。繞過警衛室，走過連通綜合大樓的風雨走廊來到盡頭的逃生門，幸運地在眾人視線之外跑上頂樓的音樂教室。然而就在她剛才謹慎地拉開僅容許自己側身穿越的門縫時，門面反射的光線捕獲了一名於樹蔭下等待上場的低年級生。

當潔琳打開投影機，開始播放上次中斷的橋段，一個矮小的身影忽然出現在教室門口。他大喊道：「是美女與野獸！」

「你是誰？小聲一點啦！」

「妳怎麼可以進來？被老師發現就完蛋了。」

「你想不想看？」

「想。」

「那你就進來。」

畫面呈現被幽禁於古堡中的女主角貝樂，在映射星空的落地窗下和怪獸共舞的晚宴。宴會上有著被詛咒成家具和燭台的僕人，還有一隻看似腳蹬的小狗。潔琳一時忘了嬌小的男同學，渴望星星也能在漆黑的室內閃爍。

那個小男生盯著她被布幕反照、映著星空的臉龐，剛才在球場上被人欺負的難過，以及等待上場的沮喪，一時都有了填補。被故事環繞的歸屬感使得他忘卻當下的困境。角色心底的投射，無論開心或者難過，都不會是現實的刀刃逼著自己在有限的選項中去履行其實毫無自由的人生。

音樂教室裡聽不見外頭的聲音，隔著窗簾彷彿就在光年之外。結束後他們一同離開了校園，馬路已湧現下班車潮，倆人一高一低地走過圍牆外的行道樹，大概就像小姊姊去接上課輔班的弟弟一樣。潔琳不明白對方為何一直跟著自己，感到有些厭煩，又不好意思開口。

「我下次還可以跟妳一起看卡通嗎？」小男生問她。

基於高年級照顧低年級生的心態，她順口問了：「你還想看什麼呢？」

「阿拉丁！」

「那個不是一年級的老師就應該放過的嗎？」

「我還想再看一次。求求妳……」

儘管很生氣眼前這個小屁孩有什麼資格和自己撒嬌，最終她還是答應了。

假期結束前，倆人又一起看了好幾次卡通，甚至是在開學後的夜晚，也經常相約在學校後門，等待警衛伯伯走過綜合大樓的穿堂，好空出偷跑上樓的機會。但是後來，潔琳發現小男生經常在班上吹噓自己預先知道老師在課堂上還沒放過的影片情節，擔心對方會說溜了嘴，害自己被師長發現她偷跑到音樂教室看卡通，以往從大人那邊享受的特權都可能因此消失。於是她總想著及早結束這段關係，讓原先只屬於自己的世界恢復正常。

一天下午她不巧撞見一群同年級的惡霸正在欺負那個小男生，帶頭的那個人家境富裕，經常用餅乾糖果拉攏同儕一起欺壓弱小，這次他更惡狠狠地將小男生的手掌踩在地上，彷彿只是矽膠做的玩具。

「你們這樣太壞了！」潔琳朝那群男生大罵。

「小老師妳好！他剛剛說他是阿拉丁，我只是想看他有沒有魔法。」

「阿拉丁才沒有魔法！」

對方指著身材勻稱，留著一頭烏黑長髮的潔琳說：「不然妳又是神燈精靈唷！胖又沒頭髮，死三八。」

見對方轉而胡言亂語地嘲笑自己，潔琳並沒有生氣，只是默默站在原地，反倒讓那群男同學有些不知所措。他們以為那類靜默的方式，是潔琳熟知大人們對付孩童的一種未知的魔法，畢竟對於這年紀的孩子而言，許多成年人所招致的禍害都是不可言喻的伎倆。

最後他們惱羞成怒地離開了，走之前還不忘撂下狠話：「男生不打女生，臭雞婆，下次叫我表姊來打妳！」

小男生的眼中充滿寬慰，然而潔琳覺得自己無須理會那些。為避免繼續加深雙方的依賴，當下她選擇冷漠離去，之後甚至刻意避不見面，直到有天對方在學校後門堵到了她。

「妳是不是怕他們打你！不用怕，我現在都會帶這個。」小男生從口袋中拿出美工刀說：「我會保護妳。」

「你帶這個來學校幹麼？快拿回家放！」原本打算轉身就走，又忍不住回頭說道：「他們敢欺負我，我會告訴老師。不用你雞婆！你這麼矮，能做什麼？」

夏天提早結束了，沒見過落葉又隨即入了寒冬。那份疏遠缺少戲劇般的創傷，要忘可以忘得很快，尤其是對於懵懂的孩子。但不經意想起時依然會有些失落。後來小男生憑著自己的本事在課輔班後回到了學校，他相信此時此刻那個女生肯定偷偷地躲在音樂教室裡看卡通。

他按著噗通噗通的心跳，躲過手電筒的探照，終於來到了音樂教室的門口。果不其然裡頭傳出悶悶的電影配樂，原來這些聲音在外頭聽來這般明顯，要不是警衛不曾上樓確認，他們之前早就被發現了。

他緩緩地轉動把手並將門推開，發現階梯座位的頂端除了陳潔琳之外，居然還有另一名熟悉的面孔，況且就是那位當初由於自己透露卡通結局而動手打人的高年級惡霸！

他想著，果然人在糖果面前都會變壞，看見潔琳手中的棒棒糖，突然覺得自己一無是處。於是他逃走了，帶上了丟人的依賴感，以及永不再相信童話的固執。

我看著講完他所謂的壞事的學長，感到自己的臉上竟因酒精泛起了潮紅。「所以你就是那個小男生嗎？」

「當然不是……我其實是那個高年級的惡霸。」

「那你跟我說這個幹麼？」

「不是說好要交換自己做過的壞事嗎？我以前踩小學生的手，很壞吧……」

「我根本就沒有答應你！」
「別要賴！換你了。你做過什麼壞事？」
「那個小男生是誰？」
「這跟你沒關係，不要轉移話題。」
「你肯定是基於某種特定原因，才選擇告訴我這段故事的吧！」
學長終於收起了無恥的笑容。「不瞞你說，那個小男生就是時常光顧我們旅館的記者先生。唷……用光顧這個詞好像不太妥當，準確來說他是在跟蹤別人。」
「我還是搞不懂你為何要跟我講這些！」
「你生氣了嗎？」他又不懷好意地說：「順便告訴你，陳潔琳就是之前在我們旅館暴斃的那個女人，你有看新聞吧？應該早就知道了。那個女人……老想著靠別人生活……」
「你是不是因為忌妒才殺了她！」
學長瞪大眼睛看著我，我甚至覺得自己已經戳中他的要害。然而他又不疾不徐地說了：「當天我是值夜班沒錯，而那位記者先生曾走入死去女人入住的房間。但是他很早就出來了，還帶著失敗的沒落，這點我並沒有告訴警察。他說女人拒絕了他，所以才會下樓來找酒喝，順便聊聊往事。而就警方推斷的死亡時間來看，確實也和他離開的時間點有段距離。我們兩人喝酒喝到午夜，最後吧台打烊了，他已醉得不醒人事。我將僅有的厚毛衣蓋在他身上便離開了。後來我才知道他拚命挖掘緋聞的對象，也就是那位生技公司的老闆，當天也住在店裡。於是我猜測記者先生或許懷疑是對方害死了那個女人，畢竟死者本來就是他的情婦。」他搭著我的肩膀說，「聽到這個結局，覺得失望嗎？」

頓時額頭相當沉重，按著眉心，感覺頭殼都要被自己推開了。「沒那回事……」

後續我和學長又喝了不少酒，也屈就對方，透露了自己年輕時幹過的蠢事。到底都聊了什麼，老實講沒太多印象，只知道我提起了和某個前女友相遇的故事。當時在公車上忍不住摸了她的大腿，她氣急敗壞地要司機把公車開到警察局門口。我跪在地上求饒的窘境時而歷歷在目。被羈押了一夜，始終不敢報出自己的身分，最後對方居然又回到警局改口說都只是一場誤會，才化解了自己有生以來遭遇過最大的困境。

我很清楚記得前女友那時對我講過的話：「你跟蹤我很久了，每天都跟我搭同一班車。我知道你喜歡我，我也不討厭你，但是下次不能再對別人這樣了唷！」最後我們交往了三年多，分手的原因至今無法理解。很多時候喝了酒又不免會想起她在床上的樣子，一如酒精翻騰的慾望。那是人生中最無腦的衝動，其實我至始至終都不覺得那是一件壞事。

記得後來我注意到了學長手腕的傷痕，看起來很新，於是我多問了幾句。他只說是這次請長假去旅遊時所受的傷。

天亮了，學長已經不在吧台。我的背上蓋了一件厚毛衣。

早晨回家洗澡，正要脫衣服，張仲平的名片從外套口袋滑落，於是我決定再次出門。坐在超商的落地窗前，走過眼前的都是趕著上班的匆忙步伐。太陽在樹蔭下破碎的光影來回搖擺，帶起離散的思緒在腦海交叉閃爍。凶殺案、跟蹤、勒痕、女人、酒保還有拼字遊戲，看似相干卻又無法完整地拼湊。直到一道熟悉的身影晃過眼前，才想起了自己來此處的目的——我在跟蹤張仲平。

張仲平朝著馬路右側的支道走去，一條僅容許一輛車通行的單行道。我知道他正要前往下個街口的雜誌社，為避免被發現，於是先躲進了對街的咖啡舖。

為何要跟蹤他呢？是否也渴望知道兇手是誰？上網查閱前陣子的新聞，人們幾乎都沒有爭議地認為陳潔琳的死就是由於吸毒過量，而她身上的抓傷和勒痕，則被簡單推斷是為了在手淫時達到高潮而自虐所致。學長說張仲平曾進入陳潔琳的房間，陳潔琳應該沒有理由在拒絕對方後，獨自一人在房內做自虐式的手淫，那不合常理。若是要藉此嘲諷對方的性能力，與如此變態的思維相比，吸毒過量所導致的自殘行為還比較可信。但也難怪警方並未推斷張仲平是兇手，畢竟學長的謊言也順便佐證了他的不在場證明。然而要是這個結論正確，美國大叔所謂的通靈暗示莫非真的只是酒醉下的幻象嗎？身為酒保，我見過不計其數酒後失態的愚蠢人類，就從未碰到有人相信自己遭遇了靈異現象，甚至特地寫信提醒我這個只見過幾次面的人，信中內容還不巧和張仲平所描述的噩夢略有關聯。難道是美國大叔無意間讀到了凶殺案的新聞，才會潛移默化地幻想出拼字遊戲的圖像呢？不過種種推論也僅僅是猜測，和他們兩人的無稽之談並無二致，如今唯有正面向對方問個清楚，才能終結腦海中停不下的猜想。即便如此，張仲平也有可能不說實話，於是只有刺探他跟蹤那位老闆的動機，才有可能理解真相。這就是我跟蹤張仲平的原因，必須時時刻刻保持神智清醒。

張仲平下樓了，換下了平時的西裝打扮。我偷偷跟著他從台北市區一路坐車到郊外的別墅群落，艷陽高照下的街道沒有太多遮蔽物，好在張仲平一心想著他的獵物，才沒注意到自己也成了他人的目標。

在一間小型郵局對面的騎樓，張仲平放慢了腳步。他注視著提款機前的男子，似乎就是生技公司的小老闆。男人領完錢後，直接拐入一旁的暗巷，往深處走去。張仲平急忙跟了上去，差點被路過的麵包車撞到。麵包車的廣播在社區內迴響著，四下總算不那麼安靜了，我也趕緊加快腳步尾隨那位執著的跟蹤狂。

當我們三人停下腳步，保持著相對的距離時，終於能清楚地辨認他所跟蹤的那位男子並非平常來旅館入宿的生技公司老闆。近山的籬笆旁，男子把剛才領到的錢拿給另一名站在電線桿下的男人，換來了一小團牛皮紙包起來的東西。張仲平用手機錄下交易的過程，猜想男子或許只是幫別人跑腿，那個東西應該就是毒品。

隨後男子騎機車走了，本以為記者先生今天的工作就此結束，他卻又快步地朝男子離開的方向走去，彷彿清楚知道對方的目的地。跟在他後頭走了快一公里，直到看見一處上山的閘口，才終於停了下來。

張仲平避開警衛室的視線死角，就像他小時候在校園躲避警衛一樣。風吹過樹梢，拂過草皮，他卻一動也不動，只有髮絲在頭頂微微飄浮。一輛轎車開到閘口，警衛室伸起柵欄放行，接著一輛貨車也來到閘口，警衛似乎撥了通電話，確認之後才肯放行。看來這處社區的管制還算嚴謹，不是主人邀請的訪客肯定無法蒙混過關。正納悶著張仲平究竟有何打算，他竟趁警衛離開休息區，走去一旁的灌木叢方便時，猛然闖入了閘口。

不曉得有沒有被警衛發現，回過神時，才明白自己也跟了上來。張仲平驚恐地看了我一眼，待遠離了閘口才放慢腳步。

「你為什麼要跟蹤我？」

「那你呢？你又在做什麼？」

「這跟你沒關係……嘿！有車來了，快躲起來。」

身後的車道有輪軸的聲音輾壓而來，我們暫時藏身在右側下坡的芒草叢中。

「你不要跟著我！我是記者，這是我的工作。」

「你只是想報復那個人吧！是因為陳潔琳的死嗎？我已經知道你們過去在音樂教室的事情了！」

「我不懂你在說什麼。快滾開！」

整整走了一個小時，一路躲躲藏藏。車道盡頭是一座翠綠的小鎮，作揖的行道樹在頭頂形成一條隧道，至此我們總算能佯裝成居民不再閃避。我們對路過的人打招呼，好在當地人口並未少到彼此相識。

大概有半個小時我和張仲平都沒說一句話，但依然感受得到他始終顧忌著自己。

「我待會要去那家取材，你在外頭等著吧。」

「要是你把我給甩了怎麼辦？我一個人不會下山呀！」

「是你自己要跟上來的！還有你不是都看到了，我也只是趁他去尿尿的時候偷跑進來而已，這點你也辦得到吧？你都有本事跟蹤我到這裡了。」

「不行！你應該明白既然我都來了，就不會空手而歸。」

「好。只要你別再干擾我做事，結束之後，我就會把一切都告訴你。」

我就是憑著這句承諾才勉強放他離開。

等待的時間裡，我在小公園的長椅上拿出早上在咖啡舖看的報紙，有時站去車道旁抽菸，遇到路人也都禮貌點頭致意，時間久了也就沒了不自在的感受。

看見三個小朋友在路邊玩躲避球，腦海遂浮現了困惑。為何這類隱含著暴力，需要拿球砸人的遊戲，會是小學體育課的必備教材呢？正思索著這道和自己幾乎毫不相干的議題，一顆躲避球忽然滾到了腳邊。

「大哥哥！幫我們丟回來。」另一個小朋友也向我招了招手，「謝謝大哥哥！」

我把球扔了回去，繼續想著那個無關緊要的問題。最後甚至拿出手機搜尋網路上的相關評論，這時又聽見有小朋友大喊：「你又亂丟！自己去撿啦……」

這次球不是滾到我的方向，抬頭朝前方的樹林望去，躲避球就停在一棵榕樹的鬚根下，有個女人就站在樹幹旁。剛才都沒有發現她，也不知道她站在那裡多久了，由於距離關係，看不見她臉上的表情，但女人絲毫沒有要彎下腰去撿球的意思。弔詭的是，孩子們也沒有要請對方幫忙，當那名自知理虧的小朋友跑去樹下去撿球，他給人的感覺似乎就像是女人不在那兒的樣子，莫非只有我看得到她？內心夾雜著疑惑和恐懼，竟依稀感到她彷彿就是老愛在吧台點Highball的女人。

「你在看什麼？」張仲平突然現身在眼前。

「那棵樹。」對方隨著我手指的方向將目光移往那棵榕樹，然而從他的表情，我足以明白他也看不見那個女人。

「到底有什麼好看？就只是一顆榕樹。」

「不就是等你等得太無聊了……取材完了嗎？快走吧，我今天還要值晚班。」

「怎麼搞得帶你下山好像是我的責任一樣。」

離開時，樹下的女人已經消失了。我們搭上社區的專用巴士準備回市區，張仲平說下山的班次不會查核證件。

並肩坐在最後一排的位置，望穿空蕩蕩的巴士能清楚見到駕駛座上的司機。車道左右的林蔭自前方和兩側的玻璃窗面滑過，慢慢帶走了時間，以及整座山城的輪廓。很快地我們就在下山的道路上了。

「你現在可以告訴我那個晚上究竟發生了什麼了嗎？」

「如果只告訴你那晚發生了什麼，你肯定會直覺地認為我是十惡不赦的壞人。我其實並不在意你的看法，可以說現在的我對很多事情都已經完全不在乎了。即便如此，我還是想從頭開始講起那段故事，就當作是認罪前的練習吧……」

一開始他們在旅館的櫃台前偶然重逢，她本來會是張仲平在八卦專欄上寫下的第一名女主角，然而顧念到小學的那場情分，張仲平轉而決定向對方透露她所不了解的男人的一面，那個生技公司的老闆。

她告訴張仲平她很喜歡那個男人，就在旅館的吧台前。多年未見，陳潔琳的臉上依舊留有小學生稚氣的笑容。原先她在男人的公司擔任特助，伺候老闆的工作對她誠然得心應手，畢竟從小就善於討好大人，依附權勢便是她與生俱來的本領。

後來她和對方上床了。男人身為有家室的大老闆，為避人耳目，於是把這位過從甚密的特助給解聘了，倆人遂開始了偶爾拋下彼此身分的熱戀。當時她以為那就是一輩子的事情了，男人給她的世界已遠遠超出過往對於整個人生的幻想，直到最後她明白自己並非男人唯一的外遇對象，才選擇坦然地對身為記者的張仲平表明這段離經叛道的關係。

「所以說，你在跟蹤他？想挖他的緋聞。」陳潔琳起初的語氣還有些輕浮。

「嗯，真的很對不起學姊。我是眾周刊的記者，來這邊就是要挖掘他外遇的對象。」

「結果被你找到啦！」她投降似的表情，一看便知道依然漫不經心，「你會把我寫出來嗎？」

「要是這樣，可能會害妳吃上官司。」

「我才不在乎呢！」她接著望向窗外，抿著玻璃杯口的蘇打水，背光中的側臉真有著那麼一份直率，然而在張仲平眼裡卻只像個賭氣的孩子。「與其沒身分地活著，倒不如讓大家認識認識我這隻狐狸精吧！是吧？你就會那麼寫我吧？」她回過頭來笑嘻嘻地看著張仲平。

「妳把事情想得太簡單了！不要以為可以藉此向元配示威。我相信他會毫不猶豫地拋棄妳，立刻和妳撇清關係！」

「我就這麼不重要嗎？」再抿了嘴，她收起了剛才那副驕傲的模樣，轉而嚴肅地看著張仲平，「你為什麼這麼肯定？」

「因為妳不是他在外頭唯一的女人。」

張仲平話才講完，她的眼淚就滑落了那杯水中，只是毫秒之間的事。

往後的日子，張仲平以一種近乎威脅的方式請陳潔琳幫忙蒐集情報，甚至逼迫對方作任何他想做的事。猜想一方面陳潔琳是擔心自己的小三身分會被揭穿，另一方面則想藉此打擊男人身後的眾多情敵。那位老闆對自己的老婆早就沒了感覺，如今能和她瓜分愛情的，唯有那些和她一樣被熱戀的謊言沖昏腦袋的可憐蟲。

有天夜裡陳潔琳找張仲平喝酒，她那沉重而下垂的頸椎，似乎朝著天花板分生出一道丈高的黑影，那種沮喪張仲平從未見過。她告訴張仲平她失戀了，邂逅時的迷戀愛得難分難捨，過眼雲煙卻又覺得愛情乏味。張仲平本想就此放過她，然而她似乎仍有眷戀，她那種犯賤性格如同魔鬼的利爪引誘張仲平不斷地將她的頭按入水中。於是張仲平順著陳潔琳那微薄的意志勸她挽回對方的心，出乎意料的是男人又立刻著迷似地愛上了她，竟又令張仲平感到相當忌妒。小學所不懂的那些被她遺棄的感受，頓時像迷霧蒙蔽了雙眼，倆人同時深陷泥沼，最後張仲平好幾次又藉由相同的手段逼她上床，彷彿置身於一條載浮載沉，航行於黑暗湖泊的小船上。

「你問我喜歡她嗎？我不敢保證，但我很享受每次勒緊她的脖子，以及那條沾滿窒息性愛的濡濕被單。看似無法自拔，其間甚至憎恨起她和男人的約會，但不都是我要求對方那樣做的嗎？

或許只是不願斷了這脆弱的連結，導致雙方毫無瓜葛。後來她就像我的奴隸一樣，但全都是她逼我的！如同那晚我失手殺了她，當我回過神時，她的胸口已經沒了高潮時的脹縮了。」最後張仲平說道：「順便告訴你，你那位學長……這麼說好像有點奇怪，剛好他都是我們的學長，在不同的情境下。該怎麼說呢……其實我對小時候的事情沒什麼在意，但他和學姊似乎是一直交往到了高中才分手，雖然都還只是不成熟的孩子，也算是青梅竹馬吧！我一直很納悶他怎麼能接受學姐在他眼下這樣過日子……畢竟都時常待在同一間旅館。」

故事講完了，後半段車程約莫十多分鐘的時間裡我們不再交談，最後也是彼此沉默地下了車。他說我隨時可以去舉報，他不想因為自首而減輕罪刑。失手殺死陳潔琳之後，張仲平不知所措地下樓喝酒直到不省人事，沒想到隔天警方找旅館員工偵訊時，學長竟會供稱他從下午開始都待在吧台上，因此有了不在場證明。

為何警方最後會判定陳潔琳吸毒過量呢？如果當時那位生技公司的老闆也在現場，是否也應該將他列入嫌疑人名單，這又會是張仲平蒐證的動機嗎？起先我認定他只是想報復那位老闆的濫情，進而將自責轉換成另一種對外的目標，試圖敗壞對方的聲譽。但也是有另一種可能，就學長先前所述，張仲平也許真的懷疑過害死陳潔琳的人並非自己，而是那男人事前餵的毒。

傍晚我回到旅館和學長交班，他已經自己在吧台後喝得迷茫。於是我再陪他喝了幾杯。

他問我：「你看過我們外頭的停車場有星星嗎？」

「你是指天上嗎？」

「是呀……照明燈實在太亮了。」

「我很確定雲的上頭肯定有著大片星空，只是你看不見罷了。」

「對……我是看不見那些，因為我從來都沒有看過。」

我認為像他這樣時常說話顛三倒四的人，內心肯定有著許多說不出口的話。其實人生能擁有的大部分都是虛幻的猜想，習以為常的現實卻往往被忽略了，以至於終究連自己的心也看不透。

最後我也忘了他在什麼時候離開了旅館。

不知是否兇殺案的傳聞逐漸發酵，比起剛進來工作的時候，如今旅館相對冷清。櫃檯的接待員告訴我，其實訂房率早在陳潔琳死去的隔天就略顯低落，只是由於許多早已規劃好行程的旅客不願再另外找住宿地點，起初才沒有感受到立即的變化。應該是心理作用吧！不知道內幕之前，我還能輕鬆地在吧台享受以克難設備錄製的朦朧樂曲，同時享受自己隨意調的酒。然而原先那份愜意且舒適、黏稠而充滿安全感的氣氛全都化作恐懼的空洞，彷彿隔音海綿強大的吸引力，收走我所有的魂魄。

夜變得漫長，為了驅趕焦慮，我播起了平時習慣的曲單。低沉的節奏有助於安定思緒，回到身為調酒師的自覺。拿起架上的琴酒，一股清醒感受透過冰涼的酒瓶浸入體腔，於是我決定以隨興的姿態調一杯Negroni。和著大量冰塊調勻香艾、金巴利和琴酒，直接將橙皮放入攪拌杯，並儀式性地將杯墊放上桌面。當金屬杯具在聚光燈下反射出炫目光芒，一位熟悉的身影幽幽浮現眼前，是那位愛喝Highball的女人，慶幸她終究不是臆測下的鬼魂。

「好久不見呀！怎麼變得這般憔悴？看起來都快比我老了。」她一改過去的冷漠，笑容也不再僵硬，「可以幫我作一杯……我常喝的嗎？你應該知道吧？」

「好的。一份Highball。」聽見我的回答，她似乎相當滿意。

「你真的變老了，不只有外表，說話的樣子也是，」她歪著頭，右手來回繞過兩側頸肩按摩脖子，「真可惜……平常那個愛撩人的小男生呢？」

幾乎沒有意識到自己已經喝完了那杯Negroni，完全沒有拿起杯了的印象，我甚至認為是她偷喝了我隨意調的酒。但那不可能呀！她明明只喝威士忌兌蘇打水的Highball！輪廓時而模糊、時而清晰的女人正坐在吧台前等待我的調酒，我還能清楚看見蘇格蘭威士忌在架上的位置，伸出的手卻在眼前失真了。

女人自顧自地講起了自己的事，原先平穩的語氣頓時有些焦躁。「我這麼喜歡他……他怎麼會離我而去呢？」我聽見她的啜泣，「那個白癡還勸我不要放棄，求我讓他回心轉意。他憑什麼呢？」她到底在說什麼？「你怎麼會這麼小器……也不肯安慰我一下。」我幾乎聽見了她在哭的聲音。

我抗議道：「妳在說什麼？我完全聽不懂……」

「算了……本來就跟你沒關係。」

「不要這麼說，我其實很願意聽……」站穩了腳，發現威士忌已經在自己手中，「等一下，我先幫妳調酒……」

感到手在發抖，刻意取來量杯倒好一定的量，就像在考試，斟酌當下的一舉一動，但害怕犯錯反倒容易失常。偷偷抿了沾在指頭的酒，擔心被對方看見，我的目光始終離不開她，然而她竟表現得我不在場似的，雙手撐著額頭，將一頭長髮甩到腦後。

總算拉開蘇打水的拉環，我盡可能地保持流暢，過多的氣泡還是淹沒了杯緣。羞愧之餘，卻更由於對方的忽視而有些惱火，她憑什麼像這樣坐在眼前只顧著自己傷心呢？

最後她總算開口了。

「很多時候只是想要有人抱抱我……」她抬頭看了我一眼，「我觀察你很久了，知道你是一個好人。」

「妳不這麼說……我還以為自己是壞人。」

「哈！你終於有點幽默感了，」她換了一種輕鬆的態度，「你住過這間旅館嗎？」

「沒有……我都專心工作。」

「這跟專心工作有什麼關係！你都不會想知道自己上班的旅館長什麼樣子嗎？」

「來的第一天學長帶我上樓參觀過。裝潢很漂亮，雖然舊，但很有味道。」

「那你知道……這裡的房間都有自己的故事嗎？每個主題我都很喜歡。小時候很喜歡看電影，尤其音樂劇啦……卡通啦，舞台戲的影帶都是，所以我很喜歡這間店。當我愛上一個人，就會像劇中的女主角一樣全心全意地去愛，不管在哪個當下，我都很認真。」

「這裡有很多房間，你喜歡當哪一位女主角呢？」

她害羞地低頭微笑，「一個房間就像一個宇宙，星空總是星空，但月亮下的故事卻各有執著。每一個都是真的。」

「你該不會在每個地方都留下了遺憾吧？」

「說是遺憾……倒不如稱之為眷戀！畢竟我們都只有一個身體，若要讓心思因此皮囊而固化，愛情故事就只剩下空殼裡的回音了。」

「所以妳比較喜歡自由的感覺囉？」

「你好嚴肅唷……難道這樣有錯嗎？」

「我沒有責怪妳的意思，」我鼓起勇氣說道：「或許我也沒有妳想得那麼善良，每個人都有善變的一面。」

「所以你在確認什麼呢？」

我一時無法回答，趕緊將手中的Highball遞給她。

「謝謝。我還以為你在威脅我呢……不乖就不給酒喝。」

「那妳很乖嗎？」

她靦腆地笑著，抿了一口酒，將杯子沉沉地放回桌面，「你上來嗎？我想給你看我最喜歡的房間。在２０４。」

正當我尷尬地不知如何是好，她已跳下高腳椅轉身離去了。我這才發現她的套裝短裙下居然是帶蕾絲邊的長襪，怎麼看都像情趣內衣。隨後我仔細聆聽著她上樓的姿態，搖搖擺擺的高跟鞋一路走進了房門，應該就是２０４房。

望向櫃台，接待員不在位置上。確認時針已接近打烊，我關掉吧台的燈，又默默地調了一杯Negroni，接著拿著酒杯上樓。

搖晃的壁畫在燈光下扭曲了人像的表情，無法看清楚星空下那駕駛飛天馬車的小人物究竟面帶笑容，還是哭喪著臉。樓梯轉角處陳列了三幅天方夜譚的插畫，一時竟覺得高舉在阿拉丁手中的神燈比起兩側的聚光燈還要明亮，甚至聽見了魔幻音效。藍色極光自天花板伸入屋內，彷彿明明失真的一切相比於身旁觸摸得到的東西都還要真實。

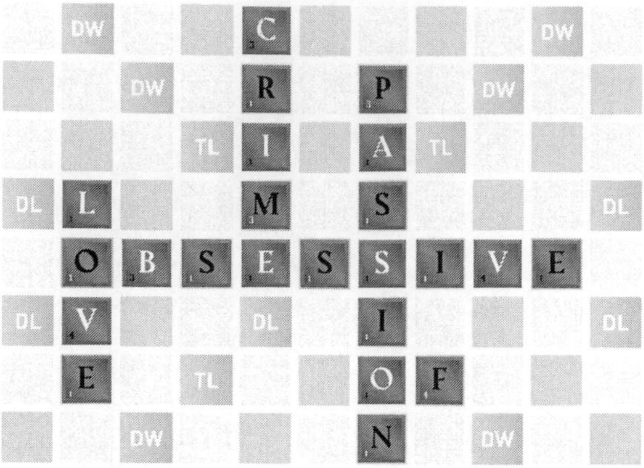

我大概是醉了，禁不起酒精在身上結下的紗網，紗網纏住了視線，更讓雙腿沉重許多。終於來到二樓的公共空間，兩張沙發夾著矮小的茶几，上頭擺放著拼字遊戲，麻袋口散落一桌字牌，卻在盤中整齊地交叉兩道詞彙——「OBSESSIVE LOVE」以及「CRIME OF PASSION」。意思大概就是「執著的愛」跟「情殺」。這又讓我想到了張仲平殺人的可能。

推開窗戶呼吸外頭的寒氣。眼前這座夜竟一如往常，車子整齊停在格線內，高聳的照明燈依舊徒勞地照看著漆黑柏油路面。即便明白不被允許，我還是靠在窗口點了一支菸，微風將煙絲帶往星空，逐漸消失在雲層之間的月暈中。

轉頭回到陰暗的室內，察覺似乎有人動過那桌字牌，定睛一看，盤面由上而下依序呈現出三排字──「SHEEP」、「GOATS」和「WRONG」，每組字之間留有一行空白，恰似構成矩形。這是不合規定的排列。

到底是誰幹的？趁著我不注意，肯定想捉弄人吧！頓時感到頭昏腦脹、無所適從，又擔心身旁會有人對自己不利，逼著我趕緊推開２０４的房門。

房間裡頭訴說著美女與野獸的故事，銀河在落地窗外隨時間流淌，整個房間順著這主題在四周環繞著家具和燭台樣貌的僕人。月色下的野獸剪影缺少了印象裡的柔和，或許並非按照動畫的版本作取材，氣氛竟顯得有些詭譎。

女人說得對，每個房間確實都有自己的故事。愛和遺憾不為了角色存在，反倒是這些瀰漫的意識撐起了虛空的皮囊，好讓它們誤以為自己是有生命地活著。壁紙上的星空僅是渾沌意識的表象，若不藉此人們將什麼也看不見，換作是眼盲的角色，或許更能夠在擺脫視覺的狀態下澈底體悟宇宙背後的意義。

女主角貝兒呢？在找到她之前，我的目光已給眼前的女人擄獲，她將自己綁在床頭，皮製手銬不知是如何自己戴上去的，全身黑蜘蛛般的性感內衣，上身罩著女性的西裝外套。前些日子在吧台對女人的著迷頓時腐敗成廉價的慾望，心想即便是作夢也要好好把握當下。女人嫵媚的眼尾看穿了我的獸性本質，換做是任何男人都會想立刻佔有她，但我卻非一般的角色，所有套路皆因我而生，是我受了女巫詛咒的雄激素將她拖入這座空城，好供我在餐桌上盡情撕碎。

我失去重心地向前滾落冰冷的絲質被單，像受到地心的牽引，茫茫宇宙中總算有了目的。女人發燙的腳背、圓滑的趾頭，彷彿繩索拖著自己前往更溫暖的核心，順著腿部弧線滑過冰涼的膝蓋，發現她棉被下的肌膚竟也嬌羞地瑟縮。

很想快點進入她濕潤的裡面，鼓脹在外部的血液幾乎要抽乾了我的核心，她意義不明的眼神卻纏住了我的雙手，猶如結網的蜘蛛捕捉獵物的自由意志。她不想立刻飽餐一頓，而是將毒液刺入我的心臟，我迷茫於中毒下的幻覺，只能靜止地欣賞她外衣下白皙的胸口，那兒每呼吸一口，便搶走了一部分支撐意識的氧氣。漸漸地，我感受到窒息性的壓迫。

頓時覺得這猶如圈套，我必要有所作為。撕開網的同時我撕碎了她的內衣，但鬆開手銬的她仍抓著外套不放。

「你到底在幹麼！我不要！」

這個犯賤女人居然誘我到她房內，卻虛假地不願放棄自以為是的貞潔，真是不要臉！怎能讓她予取予求？不管對方的掙扎，我將心中的獸外化成暴力的侵犯，一步一步脫去她蔽體的偽裝，裸露出她下流的慾望。正要撐開她的雙腿，一股力量竟將我拉離床緣。瞬間眼前一切向內塌陷，外翻出酒精退去後的真實世界。躺在床上的竟是衣衫不整的米粉，她驚恐地看著我。

「你瘋了嗎？」這才意識到剛剛在身後拉開我的那人，轉頭一看，是張仲平，「清醒一點！」他猛然揪著我的衣領。

米粉叫道：「你不要打他！快放開他。」

「我不是故意的。」我還有臉說出這種話，聽來都另自己羞愧！

「我知道……你才不會故意欺負我呢！」

「那妳為什麼會在這兒？」

「下午我和學長交完班，覺得頭很暈，就先上來休息。」

「所以妳一直都在房間裡睡覺嗎？」

她點了點頭。

「不可能……我明明看見了……」

張仲平頓時打斷了我們的交談，「或許我能猜到這是怎麼一回事……」

張仲平說他傍晚和我一起下了社區巴士，就直接回家休息了。感覺疲憊的身軀還未累積足夠的睡意，卻又在濡濕的床榻上驚醒。渾身是汗的他望向窗口的夜空，遠方台北101的外牆燈光顯示時間已近午夜。明明只是一眨眼的時間，他訝異自己居然睡了這麼久。

下一刻收到了學長的簡訊，表示願意透露當初為何要幫忙掩飾自己在命案現場204房發生的事。於是張仲平半信半疑地來到旅館，停好了車，他在一整排照明燈的注視下走進了大門，發現櫃檯和吧台皆空無一人。在這冷清時段興許合理，他卻感到室內縈繞著一股失常的氛圍。

隨後他依照指示上了樓，準備前往學長所在２０３房的途中無意間瞥見了茶几上的拼字遊戲。「FORGIVE」和「FORGET」兩道詞彙像十字架交疊在盤面，直列的「FORGET」尾段還有一張字母「M」，恰似在傳達「原諒我」以及「忘了我」的訊息。

張仲平頓時明白了這份不捨的暗示，要是心中對她未曾有愛，又何來當前無助的悔恨呢？一切都將有了結，必要搞清楚真相才有可能放下。他向前站了一步，推開２０３房，眼前景象竟是另一場無法挽救的悲劇。

他看見學長口吐白沫地死在床上，手邊散落著倒出瓶口的藥丸，床頭櫃上還有一支沒抽完的捲菸，和剩下半瓶的紅酒。

張仲平拿起床尾的紙條，上頭潦草的筆跡寫著：

對不起

是我害死了她

她不願意
就像過去一樣
都這麼久了她始終沒把我當回事

就像小的時候
我總給她吃了太多糖

所謂的糖，指的應該就是毒品吧。到此，拼字遊戲的暗示究竟是在對誰說話呢？他不想逃避這個問題，卻又無從釐清心底的在乎是否只是一廂情願。假如這不重要，陳潔琳的死又有什麼重要？

隨後張仲平就聽見了對面２０４房米粉的尖叫聲，於是立刻趕了過來。

如今的２０４房殘留亡者哀傷的氣味，彷彿她就蜷縮在角落哭泣。我看著張仲平的雙眼，那種空洞猶如喪失視覺，顯得難以承受。我試圖以委婉的方式安慰他：「你會追查那個老闆買毒的事，肯定也曾懷疑她的死並非由於自己一時失手所致吧？我猜對方大概是擔心自己當時也住在旅館，可能因此受到牽連，才會買通警方草草結案。如今就算知道給她餵毒的人是學長，其實也沒什麼差別了……人死不能復生。」

「那不一樣……畢竟我會想到那是小時候種下的惡果，」他癱軟地坐入床尾的沙發，「我沒事……不用擔心，只是從頭又想過了一遍，原先那些刻意遺忘的東西又全部回來了。我猜你們兩個會莫名其妙地出現在這裡，應該也是被他下了藥吧……是何用意我不清楚，但在我通報警方發現屍體之前，勸你們最好還是趕緊離開……避免不必要的麻煩。」

事情總算有了結，然而那些恰似童話故事卻顯得崩壞的幻覺又是什麼呢？或許僅僅是褪色壁紙所發出的無聲抗議吧？

之後米粉要我陪她回家，經過擺放拼字遊戲的茶几，我看見喝完的Negroni的空杯被置於盤面，下方寫著一排字——「THANK YOU」。我想，我們這些男人們終究都給她玩弄了。

（本篇完）

迷霧裡對你說

一

「從沒想過還有機會和她見面，」落地窗前捧著茶杯的男子，像是期待放榜卻又擔心希望落空的考生，弓起身子凝視窗外。隨後他將左手移下桌面，指尖沒入腹部的毛衣皺褶，神色頓時有些僵硬，而剛才閃過腦海的那句感嘆已悄然降臨眼前。

「你還好嗎？」戴鴨舌帽的女子拉開椅背入座，看似焦急又不像在趕時間。她先是拿起手機檢查妝容，再確認了螢幕上方的留言，接著眼神飄向窗外漫無目的地張望。直到發現對方將要開口，她才又搶話道，「你看起來變瘦了。」

男子害羞地說，「最近腸胃不太舒服，可能是工作壓力太大了。」

「你還是常加班呀！生活其實不必這麼累，到最後肯定要後悔。」

「妳也知道我從小就被同學欺負，長大之後也一樣。」與其說是自我調侃，男子的口吻反倒像在抱怨，「同事什麼東西都丟給我做。」他抓起茶壺斟滿對方的陶杯，沖出的白煙於光線下冉冉上升，彷若空氣中凝結的水霧，在碰到天花板之後化作悶塞的積雲。

「我只是覺得有必要再見你一面。」女子說道。

「有要緊的事情嗎？」

「待會再說吧！」她突然起身靠了過來將嘴唇貼在男子耳際，「我剛進來的時候有聞到一股怪味，你又正巧坐在門邊，該不會是肚子不舒服吧？」

「被妳猜中了，」男子迴避對方的眼神，「真是抱歉……」

「幹麼不好意思！我們又不是第一天認識，」她試圖化解尷尬，話鋒一轉，竟又嚴肅了起來，「你一定要好好保重身體，健康可不會永遠追著逐漸老去的皮囊。」

外頭下起大雨，恰巧為這場對談畫下短暫的休止符。

男子望著街景，忽然想起了什麼，「難道今天特地約我出來是想告訴我妳得了絕症？」玩笑裡略帶關心的語氣。

對方聽完似乎不太高興，「我明白你工作上一直很忙碌，但你究竟都過著怎樣的生活！還有你其實早就知道了，對吧？」不願默認的他想盡辦法在臉上擠出一點困惑，可惜沒有得到對方的認可。女子開門見山地說，「我下個月就要結婚了。你為什麼都不回我訊息？」

「實在太忙了，是真的沒有注意到。前陣子生活非常混亂，但也快要結束了，接下來終於可以好好休息。」

「不管你是真的不知道，還是假裝的。我再問你一次，之前我留訊息問你九月中有沒有空，你現在可以馬上回答我嗎？」

「應該沒空吧，」男子支吾其辭，「我或許要消失一陣子了。」

「才剛說自己正要開始休息，怎麼又會沒空呢？」

「離職之後想先放空一陣子，那個月正好安排出國旅遊。」

女子終於放下了咄咄逼人的語氣，「你其實就只是不想參加我的婚禮而已，我實在不知道該高興還是難過。」她的沮喪不帶抱怨，反倒令對方深感愧疚。

那畢竟是道不出口的在乎，男子不願令對方失望，卻又不想因此左右她的意志。事實上最應該難過的人是自己，好在他老早絕望了，面對永遠得不到的東西，堅信不再奢望的抉擇，心中反倒踏實。他的名字叫作張曉森，而坐在眼前的女子則是林敏賢，倆人過去曾經歷一段非常在乎對方的日子，爾後卻在乏味的生活裡走向陌路。逝去的終點淡得難以察覺，結局也許不那麼重要了，然而每當回顧感情的起點，張曉森始終不否認那是成長歲月中最值得一提的往事。

剛升上中學二年級，張曉森的父母便聽取校長的建議讓他跳級進入學區內的女子高中。由於機會難得，加上孩子本身也不太在意，於是並未考慮同儕間性別差異的問題。原先這對於張曉森而言並非什麼大不了的事，即便他自小成績優異，卻不是將重心擺在課業上的孩子，學校對他來講不過是家人無暇照料時暫且安身的地方。念小學的他經常獨自在放學後的校園遊蕩，隔著圍牆觀察街上行人，那便是他童年記憶裡最大的樂趣。然而誠德女中的圍牆就不如此愜意了，那座紅磚砌成的校園曾是他求學生涯中最不想踏進的地方，有段時間為了逃避受傷的自尊，他甚至認為只有像自己如此超然的人才能體會別人無法領悟的生命之美。

張曉森在十七歲生日的前一晚，搭上通往郊區的巴士想去低海拔的山頂觀星。他一下車就走進超商吃了碗泡麵，隨即匆匆上山，深怕趕不上落日前的美景。結果還不到山頂天色已暗去大半，追逐萬物殘存於地面的影子，張曉森絲毫不願放慢腳步，直到一處布滿芒草的緩坡才頓時停了下來。夕陽在緩坡上覆蓋一道橙色霧氣，表層隨風搖曳著五節芒的白穗，白穗如同軟體生物的觸手伸向天空，試圖抓取飄向汪洋的雲朵。拖曳在火燒雲尾端的水氣拉出一縷橫臥天際的煙絲，並藉著海風緩慢移動著。即使當下所在的位置看不見海，他依然篤定緩坡是面向著海岸，隱約聽見了海浪拍打峭壁的回音。

錯過了山頂暮色，張曉森失落地站在小丘上發呆，過了一會兒感到睏倦，竟然就在荒原上席地而睡。夢裡一片漆黑，卻聽見不少難以解釋的怪聲，有些彷彿猛獸的悶悶嘶吼，突如其來的低頻噪音又猶如飛行器墜落地表般震撼。此刻他的心情倒是異常平靜，假使這類聲響都是宇宙中自在的回音，就算那象徵著末日前兆，人類也無法再改變什麼。

不曉得在多久之前睜開了雙眼，甚至無法斷定當下是否已經完全清醒，或許眼前所見僅僅是腦海中暫存的畫面，頓時也沒了時間的概念。除去那些不真實的影像，他全然接收不到其他感官訊息，僅能確定自己依舊躺在草地上，因為在前方展開的是一座橫跨天幕的璀璨星雲。

一道細白的光倏然躍過天際，尚處於無聲狀態的張曉森感受不到胸口的心跳，就連一絲耳鳴也沒有，他在充滿壓迫的寂靜中找尋自己的呼吸，幽幽地察覺一股微幅跳動的頻率。隨後感知逐漸放大，總算能聽見拂過耳邊的風，也碰觸到青草的夜露。儘管脈搏愈發清晰，急促的喘息卻無法趕上一道又一道掠過眼前的流星，深藍色的殘影猶如烙印在混沌記憶裡的傷痕，喚醒他近來受同儕欺凌的苦悶。

其實前天下午張曉森還約了一名女生同行，也正如所料對方沒有答應，但他並未因此失望，想當初會直率地提出邀請，純粹由於那位善良的女同學沒有在社團活動中嘲笑自己，反倒借給了他缺課的筆記，如今卻連對方的名字也記不得了。然而他那不經意的荒謬舉動著實帶給人家困擾，那位不知所措的女孩隨後便將這份好意訴諸於班上的親密好友。

此刻張曉森祈禱造物主給予這僅有的快樂不要太快消失，可惜迴蕩空中的餘波已悄然落幕，結尾那道青色天光形似漂浮穹頂的鯨魚，深深附著在漆黑的夢境。

天光破曉之際，半夢半醒之間的沮喪隨著被帶往地球另一端的黑夜，澈底地消失了。張曉森忘卻那些無所謂的念頭，只在心底留下如幻似夢的星空。下了山，他回到超商等待第一班往返市區的巴士，落地窗前的朝陽映在他稚氣的臉龐更顯得紅潤。今天是他的十七歲生日，他誠懇地對自己說了：「生日快樂。」

校園鐘響躍過建築群在陽台激起震盪的餘音，正午時分鄰居大多外出了，透過鐵窗看進尋常人家，那些隨意擱置在桌面的茶杯似乎正等待主人歸來繼續昨夜未完的話題。學校大門就和往常一樣平靜，同學都進了教室，徒留空蕩的走廊在太陽下搖曳著樹影。

由於昨夜的行程，張曉森特地請了上午的假在家補眠，中午過後他帶著倦容步入校園，準備溜到廁所裡吃便當。趕不上午後的第一堂課，張曉森寧願被記曠課也不願在眾目睽睽下走進教室。他特別喜歡廁所的邊間，通風扇沒開的時候還能隔著窗戶偷聽操場上同學們的交談。

此刻微弱的風靜靜地推動扇葉，陽光下旋轉的輪廓像流年的倒影，瞬間將他拉回初入校園的那天。在開學日的早晨大夥兒最關注的事莫過於這位首度來校報到的男生，當時張曉森尚且從容不迫地走進教室，完全沒有料到自己已是眾矢之的。

垃圾該往何處呢？這是張曉森遇到的第一項難題。

「垃圾不應該被丟進資源回收桶嗎？」坐在門口的女生將手搭上右邊同學的肩膀，一面呵呵笑著。

「垃圾才沒有回收的價值呢！」
「要不然呢？垃圾要丟廚餘桶嗎？」
「妳有想過豬的感受嗎？妳會想吃垃圾？」
「那真是太對不起妳了！我差點忘記妳原來不吃垃圾。」
被反將一軍的女生抗議道，「明明就比我胖還敢說人家是豬！」
「小聲一點啦！垃圾要進來了。」她們望著穿過講台的張曉森竊笑，卻絲毫不避諱引起對方注意。而張曉森僅僅不理解大家為何緊盯著自己，不知所措的他禮貌地微笑致意，反倒引來更多嘲笑聲。
「他是白癡嗎？笑屁呀！」
「妳講太大聲了！會被他聽到。」
「怕什麼！像他這種弱勢族群哪有生氣的權利。而且他的制服好呆板唷！怎麼不和我們一樣穿裙子呢？真的很不合群耶！」
總算等到班導師走進教室，是教國文的女老師。「聽說妳們是國中部的直升班？」儘管無人回應，她已從大家無所謂的神情找到了答案，「上學期的班長是誰？」
坐在前排的女生舉起了右手。班導師轉頭看著她說，「這學期繼續讓妳當班長，請問有意見嗎？」女同學的眼色茫然。點了頭，仍舊沒有回答。
「我們先看一下今天要執行的項目。班長！這些請幫我發下去。」
班長起身接過她手中的文件，上頭列有開學日必須完成的工作，但還不等同學都拿到清單，班導師就開始宣導本日行程，「再過二十分鐘請大家往操場的方向移動，升完旗我們會聽校長致詞，隨後有學姐的迎新表演。結束之後再請大家回教室換運動服，十分鐘的時間應該綽綽有餘，接下來我們還要整理環境，最後才會發教材。等所有人都拿到課本就可以回家了！」不一會兒她竟皺起了眉頭，「班上是不是有位男同學？」放眼望去，一時之間沒發現張曉森，此時張曉森居然主動站了起來，果然又引起鬨堂大笑。「如果是這個樣子……我們就不能在教室換衣服了。典禮結束之後請大家到廁所換裝吧！」導師低頭做了筆記，「看來今天要晚一點放學了。」接著抱怨聲此起彼落。

典禮閉幕後，女同學散落著腳步走過樹蔭下的紅磚，其中也包括了才剛被欽點的班長。「為什麼全班要為了那個垃圾晚放學？真搞不懂老師在想什麼！」課堂上表現木訥的班長私底下言談竟也是如此肆無忌憚。

「應該讓他一個人去廁所換衣服才對呀！又不是沒有男廁。」

第三個聲音反駁道，「不行啦！要是我們還沒換好他就闖進來，那該怎麼辦？」

班長大力拍了她的屁股，「怕什麼！大不了挖了那垃圾的眼珠。」

「林大俠女英明！屆時就寄望您伸張正義了。」

「少拍馬屁！他最好是快點給我轉學，不然肯定弄死他。」這位口出狂言的班長正是林敏賢，秀麗的長髮和俏麗的紅唇，怎麼也無法令人聯想是仗著權勢欺凌弱者的惡魔，然而當時她就是憑藉班長的身分命令張曉森獨自一人扛起清掃後的垃圾到資源回收場。

「是要等到什麼時候！」

「對呀！全班都在等他一個人，浪費大家時間！」

「該不會是自己跳進垃圾車被載走了吧？」

如今已過放學時間，同學們不顧還站在講台的導師，交頭接耳地開起了玩笑。林敏賢倒神態從容地翻閱剛發下來的課本，而她身後的空位，也就是張曉森的座位，教科書散落一地。有的課本被撕成兩半，有的則被畫上嘲諷的塗鴉。

當張曉森汗流浹背地回到教室，原先不發一語的導師終於開口了，「張同學，辛苦你了。」張曉森不敢直視她的眼睛，似乎認為會被欺負都是自己的錯。他看著地板小聲說道：「我不會累。」隨後轉身面向全班，「對不起……害大家久等了。下次我會跑快一點！」

老師問他，「你有看見自己的課本被丟在地上嗎？」張曉森這才發現自己凌亂不堪的座位，一股委屈遂湧上心頭，眼角竟泛起了淚光。班導師質問林敏賢，「班長知道為什麼會變成這個樣子嗎？」

「發完課本我去了洗手間，回來之後就變成這樣了。」

「我知道妳去了洗手間。我的意思是，妳不覺得自己有責任維護好班上秩序嗎？」

即便同學們的糟糕行徑並非受她指使，蒙冤下林敏賢卻只能忍氣吞聲，「對不起，全都是我的錯。」

班導師如同馴服綿羊的牧人，「很好！既然如此，往後要是有同學上課缺教材，就請他坐在妳旁邊一起看，這樣可以嗎？」導師說話的同時，張曉森逕自走到垃圾桶旁撿起撕破的書頁。

「張同學！你先不要撿。」他又立刻聽話地回到座位，著手整理起散落一地的書。「班長，妳還沒回答我的問題。」

林敏賢語氣堅定地說，「我會讓他跟我一起看！」張曉森不敢相信事情會走到這種地步。

「很好！謝謝妳。」班導師看似相當滿足，「同學們可以下課了。」此舉乍看是在伸張正義，但於不明就裡的情況下去強迫學生承擔過錯，其實更是另一種形式的霸凌。

然而這看似甜蜜的懲罰卻非拉近倆人關係的契機，相反地，在那之後林敏賢更加地討厭張曉森，擔心和他坐在一起會降低自己於同儕之間的影響力，所以只要在老師的視線之外，她幾乎竭盡所能地折磨張曉森，尤其像她這種師長眼中的乖巧女孩，安撫大人的手段已是與生俱來的本領，只要能讓上頭的人誤以為張曉森在班上過得很好，再誇張的惡作劇也不足為奇。

到頭來同學們已經不再為了逼走張曉森才修理他，反倒希望他能永遠像個挨揍的沙袋給大夥消氣。舉凡將書桌搬到操場、在椅子上放圖釘、在鉛筆盒裡灌瞬間膠，甚至是潑灑經血等荒謬行徑皆層出不窮。然而這都讓張曉森隱忍了下來，因為他相信總有一天大家會玩膩，所幸真如他所料，開學的三個月後惡作劇的頻率變少了，同學逐漸將他當成透明人，如今他才能安心地躲在廁所吃便當。由於學校的男廁所不多，以往每當他走進廁所總會被眼尖的女同學發現，並往隔間板上潑水，因此他十分珍惜此刻的寧靜。

看著旋轉的扇葉回憶這陣子來的遭遇，再想起昨晚的那座華麗星空，不禁認為自己是在作夢。至於哪邊才是夢境他也不是很肯定，只覺得當下猶如過渡在天堂和地獄的邊緣，心情忽然焦躁了起來。

「妳有看到那整桌滿天星嗎？」通風扇的另一端傳來女同學的聲音。

「什麼東西呀？」第二個聲音問道。

「就是隔壁班那個垃圾的座位呀！林大俠女聽說垃圾昨晚去看流星雨，特地為他準備了祝壽大禮。」

「原來是這樣呀！我猜林大俠女應該是忌妒垃圾沒邀她同行，反而約了我們班的筱涵同學，才會這麼生氣。又或者說，那是一種愛的表現。」

「被她聽見妳就完了！」

「她又不是我們的班長，怕什麼！」

「誒！體育老師在看了，我們趕快回去。」

聲音消失了，坐在馬桶蓋上的張曉森已被嚇得滿身大汗。他開始猶豫該不該繼續翹課，但假使直接走出校門肯定會讓警衛攔下來，況且躲得了一時也終究該面對往後的日子，至少到目前為止他都還沒有轉學的念頭。

鐘響之後他鼓起勇氣走出廁所，教室外的同學皆滿心期待地看著張曉森走過樹影搖曳中的長廊，陽光下婆娑的綠葉彷彿激勵士氣的戰鼓，催促著自己膽怯的步伐。愈接近教室，看熱鬧的學生也變得多了，霎時眾望所歸的錯覺油然而生。當下畏懼感已逐漸消失，取而代之的是赴死的決心。

張曉森將視線專注在前方，希望能提早結束本來不願面對的難題。身旁的人群猶如湍急溪水迅速流過。然而出乎意料的是，當他懷著忐忑不安的心走近座位，竟發現一切一如往常。

「開心嗎？」林敏賢回頭看著他說，「聽說你昨晚去看了流星雨？」沒想過班長也會對自己噓寒問暖，張曉森甚至猜想她不懷好意。「有在聽我說話嗎？」

他趕忙回答：「很……很漂亮！」

「誰很漂亮？」林敏賢假裝生氣地說，「你到底在講什麼？」

「不是的！我是指流星很漂亮。」

「害我高興了一下。還以為你要稱讚我呢！」這話引來一旁的竊笑聲，接著她繼續質問對方：「你有物理課本嗎？」

「沒有。」

「那還不快點坐過來！想害我被老師罵呀！」

「對不起！」張曉森為此羞愧，卻全然沒了選擇的餘地，當下即便沒有聚光燈，他也感到背部紅得發燙。所幸這天是安然地度過了，張曉森並未見到謠言中的滿天星。

翌日早晨，一股莫名的不安沿著雙腿爬過膝蓋，終究來到冒汗的後腦勺。張曉森僵硬地靠上椅背，望著前方那女子的曼妙身影，她舉手投足之間散發出青春的活力，彷彿自得其樂的舞者跳起內心的雀躍，因此怎麼也無法將其天使般的形象和林敏賢這三個字作任何聯想，即便當下它們的確存在於同個視線中。對張曉森而言，班長曾經是惡魔的代名詞，在腦海底層攪動恐懼的本源，但偶爾他也試圖換個角度去反省自身的罪過，站在與天使相對位置，或許自己才是真正的惡魔，否則大家也不會一鼻孔地對自己出氣。張曉森無疑是群體中的異類，他在課業上的傑出表現、他的年紀，以及最重要的——他的性別，都確實在無形之中造就他人的不便。

午飯過後張曉森去了趟廁所，回來時看見桌面被蓋上一張毛毯。早在心中有底的他倒也不太訝異，況且翻開了毯子發現自己的座位只是被換成了另一張貼滿水鑽的書桌。

這倒是張曉森頭一回遇上如此大費周章的把戲，午休鐘聲響起了，他暫且先將外套鋪上桌面睡覺，臉頰還感受得到水鑽鋒利的尖頂。然而從昨天以來累積的緊繃情緒老早瓦解了他的意志，微風猶如母親的手心輕撫髮梢，疲倦瞬間將他拉下一座無底黑洞，一個連夢也到不了的地方。本以為自己會就此迷失在這混沌深淵，未料前方意外出現了光點，隨著身軀在黑暗中與慣性作反向拉扯，光點也被逐步放大。將要穿破邊界的瞬間張曉森覺得自己撞上了一道水牆，碰的一聲頓時眼冒金星。

「竟敢約我馬子去看流星！」說話的女生掐著張曉森的後頸，大力扯動他的脖子，「你真的很有種！」張曉森忍住面部痛楚，試圖轉頭去看對方是誰，卻被另外三名同學壓住後腦勺，「誰說你可以抬頭？」

「對不起！」就算不認為自己有錯，但這是他當下勉強能說出的話。

「你說！為什麼約筱涵出去？」

「因為她在社課借我筆記本。」

「借你筆記就可以約她出去？你們很熟嗎？」身材壯碩的女生按著他的頭在桌面晃動，水鑽鋒利的尖頂頓時劃破臉頰，外套也染上了鮮血。

「夠了唷！」那是林敏賢的聲音！「妳們到底想怎樣？現在是午休時間，居然敢跑到我們這裡來打人。」

「這個垃圾想把我馬子，教訓他是理所當然！」

「講話稍微有水準一點！我看妳也是個母的，哪來的馬子？」

「妳這隻母狗大概是沒被教訓過！少裝模作樣，不想被打就滾開！」

這群女生一進來便無所顧忌地大肆喧嘩，原先班上同學不願被掃到颱風尾，大多埋著頭繼續休息，畢竟對方可是校園中出了名的惡霸。然而此刻看到林敏賢勇敢地槓上對方，許多人都紛紛起身予以支持。

「妳們這些人都討打是不是？」她怒視著周圍的人群。

「請妳們滾回去……」林敏賢講這句話的語氣相當低沉，猶如猛獸低吼令人不寒而慄。

「這次算給妳面子！我知道妳是誰了，三班的班長……叫林敏賢對吧？妳明明也很不屑這個垃圾，幹麼替他出頭？」

「就算他是包垃圾，也是我們班上的垃圾。還輪不到妳來教訓！」

「妳給我記住！」講完便怒氣沖沖地走出教室，離開之前，一旁的小嘍囉順勢踹了張曉森的椅腳，害得他重心不穩摔倒在地。

「快點起來了！丟臉死了。」林敏賢大聲罵他，「難道要我扶你嗎？」見張曉森不為所動，林敏賢竟然真的彎下腰去作勢扶他。

「走開！」張曉森大叫一聲，「妳放手！」

「敢對我生氣！沒看到是誰救了你嗎？」

張曉森抬起頭，眾人立刻發現他滿臉是血，即便眼眶泛紅，卻找不到那些溶於血水的眼淚。

林敏賢頓時無法言語，這倒是她頭一回感到愧疚，「對不起……」

「閉嘴！都是妳害的！」一個箭步，張曉森頭也不回地衝出了教室，留下滿腹委屈的林敏賢。她完全沒想到事情會變成這樣，內心非常難過，原本只想開個輕鬆的玩笑，況且那一顆又一顆的水鑽還是自己拜託三五好友在放學後的教室足足耗上三個鐘頭才完成的傑作，張曉森非但沒有感激還令她如此難堪。

那天夜裡林敏賢咬著手電筒獨自在教室裡拔掉桌面上的水鑽，月色在洗石子的地板劃分了明暗的界線，一路延伸到反射著蟲鳴的黑板。當時針過了九點，她驚覺得有人在走廊上偷看，立刻轉身追了出去，果然在一樓的男廁所逮到張曉森。他臉部的傷口已經包紮過，看來下午去了醫院。

「你來這裡做什麼？」

「因為我早上罵妳……想跟妳道歉」張曉森畏懼對方的眼神，不願抬起頭。

「沒必要了，以後也別再提這件事。」張曉森似乎答應了她的提議，就此不說話，卻也一直不肯離開。甚至當林敏賢走出了校園他依舊跟在身後。「你到底想怎樣？幹麼一直跟著我？」

「快要十二點了，一個女生在外面很危險。」

林敏賢覺得可笑，「你知道這裡是市區嗎？市區很安全的。而且你這隻弱雞有什麼資格保護我？」再往前走了一段路，她回頭看著張曉森說，「我現在要去搭捷運的末班車，你還要跟來嗎？」

「應該可以。」

「你有聽懂我說的話嗎？我搭的是末班車，接下來你要怎麼回家？」

「沒關係，我可以走路回家。」

「隨便你！」儘管感到荒謬，林敏賢倒也沒有拒絕。

最後倆人並肩坐在車廂尾段，遙望昏暗的路燈照著跨入深夜的市區。映上暖色光帶的軌道引領張曉森離開自己熟悉的地方，猶如一趟沒有歸途的旅程，這對他而言可遠比孤身走入山林還要冒險。下了車，張曉森跟著林敏賢走入一條長長的防火巷，過了一會兒對方轉身對他說，「我家就在下一個巷口，你不要再跟過來了。」

「好。」

林敏賢認為眼前這位惜字如金的同學有些滑稽，她看著對方臉上的紗布說：「晚安。」張曉森害羞地摸頭，表情相當彆扭。林敏賢則不悅道：「你很沒有禮貌唷！都跟你說晚安了。」

如今張曉森也不記得後來到底有沒有正式向她道別，但他永遠忘不了自己在街頭狂奔的那個午夜。到家之後他非常開心，當時卻不懂自己為何而開心。

二

只要在意起彼此，倆人便能並肩地穿過逆流的人潮，然而選擇分開的原因卻通常不那般單純，即便道別前還有依賴，也很難再繫回陌路上的兩顆心。之所以不記得和她分手的過程，並非出於厭惡或者任何負面情緒，反之他始終認為那僅僅是短暫的休息，就某種層面而言，這是他唯一想到能夠修補內心缺口的方式。但林敏賢就沒那種耐心了，她在水中游泳的速度便足以超越對方緩慢的步調，如此看來便不覺得由起點連向終點的旅程能有多少曲折。

倆人走過的第一個夏天，對於彼此的好奇總在悶熱的午後迅速膨脹，摸索的心跳聲敲打著耳膜，彷彿再無趣的事情都值得一探究竟。為了不讓同學發現自己老跟著林敏賢，張曉森只有在放學後才敢悄悄出門和對方碰面。林敏賢經常在夜裡溜進學校的泳池，他自然不得不更加小心翼翼。

「為什麼不去公園旁的泳池？這樣遲早會被發現。」

「這裡的水比較乾淨。」林敏賢躬身潛入池底，人影在水波折射下澈底地失真，一舉一動都像是掙扎。過了一會兒，張曉森甚至擔心對方是不是溺水了，所幸她終於浮出了水面，長髮猶如散開的裙襬順著漣漪飄動。「而且我不喜歡被人看見自己穿泳衣的樣子。」

「上體育課的時候不是都看得到？」

林敏賢穿過水道繩慢慢游了過來，隨後將手臂掛上池畔，「才不一樣呢！上課都是女生。」

張曉森害羞地低下頭去，讓視線停留在前方的紅磚。「所以我游泳的時候你最好也別亂看。」

張曉森頓時抬起頭抗議，「我才沒有！」

「那你現在在看什麼？」

「不好意思……」他轉身嘀咕著，「我才沒有看。」

林敏賢在水面哈哈大笑，「你真的很像呆子！」

「小聲一點！會被警衛聽到。」他說話時沒有回頭，接著聽見了紅磚上的水滴聲，於是慌張問道，「妳上來了嗎？」

「是呀！我上來了。你想看嗎？」

「少無聊了，我不會看。」

「我已經換好衣服，你現在可以轉頭了。」

張曉森抓起背包轉向泳池，卻發現對方正背對著自己在岸邊穿衣服，臀部線條像一弧新月掛在池畔。他立刻又別過頭去，「妳是神經病嗎？根本就還沒換好！」

「就知道你想看！怎麼可能換這麼快。」聽來竟如此理所當然。

張曉森感覺自己就像升空的氣球隨風飄動，只要持續跟著氣流走，美景自然會在眼前呈現。於是面對她的玩笑多半不作抵抗，只要對方不再欺負自己，偶爾吃點悶虧倒也無妨。他以為只要這般任勞任怨，上天自然會替自己安排一條安穩的旅途，但若大家都放棄了創造的權利，世界將會平淡得不像話。林敏賢對於自己的被動總感到相當不悅。

倆人已經在夜市繞了一圈，如今店家都要收攤了，晚餐卻還沒有著落。「要吃什麼？」張曉森大概沒意會到對方正在和自己賭氣，依舊跟她在人潮中享受逆流而行的感受。「跳級生不是都很聰明嗎？」

張曉森猛然像條被驚醒的魚，「什麼意思？」

「為什麼連吃的東西都沒辦法決定。」

「我只是在想……」

「想什麼？每次都要我想！你還會想什麼？真的很被動！難道不能像其他男生一樣嗎？」

「為什麼要講其他男生！我只是覺得吃什麼都可以，只要妳喜歡就好了。」

「生什麼氣呀！和你出門完全是種折磨！根本無法放鬆。」接著她頭也不回地消失在小巷盡頭。

人群面無表情地走過身旁，猜想自己的臉大概也是如此木然。就算在夏天，入夜的風也有些許寒意，頓時吹散了心頭的醉醺。

翌日早晨張曉森在課堂上望著前方的空位發呆，林敏賢沒有來學校，她的課本就躺在抽屜的邊緣。

班導師拿粉筆的手還停在黑板上，隨後以極不尋常的姿勢轉頭看著自己，「班長不在，張同學要不要找其他人一起看？」

「沒關係，我聽您講課就好了。」

「我知道你很聰明，但接下來要請你們唸課文。她的書有留在學校嗎？」

張曉森不敢擅自拿她的課本，於是說道，「沒有！」忽然覺得有必要講得保守一點，「我猜應該是沒有。」

「你要不要翻一下她的抽屜？」

「我看過了。」他伸長脖子假裝檢查前方的抽屜。

「是嗎？」班導師突然放下粉筆走下講台，張曉森開始擔心自己的謊言會被揭穿。「為什麼老師每次跟你講話都要這麼害怕呢？」

「沒有。我只是……」

「男孩子這麼膽小，要什麼時候才能獨當一面呢？」所幸她又轉身走回講台，「差點忘了你很會爬山，為什麼能做困難的事情，卻不能像正常的孩子一樣……」這番話聽在張曉森耳裡很不是滋味。

微風輕輕地吹，搖曳著他心頭的陰影。在燦爛陽光下自己的懦弱無處可藏，他想立刻走入山林去呼吸那杳無人煙的空氣，在鬱鬱蒼蒼的樹下不必在意他人的眼光，少了外界的刺激，自然也感受不到自我的存在。張曉森逐漸沐浴在萬物皆空的氛圍中，內心的宇宙也悄悄化為烏有，但昨夜林敏賢的那句話卻始終縈繞在耳：「你真的很被動！難道不能像其他男生一樣嗎？」他終於明白自己當時為何衝動，不就是因為在意對方嗎？

班導師的聲音緩緩從遠方而來，翻過崇山峻嶺，終於順著風來到沉睡已久的耳膜，「你在發呆嗎？」

「沒有！」他立刻豎直腰杆，抓起手邊的筆記想回到黑板上的主題，竟發現紙面一片空白。

「快打起精神！昨晚沒睡好嗎？」她將自己的教材放上桌面，「跟大家一起念課文，不要再做白日夢了！」

午休過後林敏賢終於來學校了，張曉森繼續假裝趴著睡覺，仔細去聆聽那些細微的聲響。她將書包掛上桌邊，接著拿出塑膠餐盒，一股飯菜香氣瞬間刺入鼻腔，同時也聽見了筷子在指尖摩擦的聲音。中午用餐時張曉森沒什麼胃口，幾乎把半個便當都倒進了廚餘，以至於現在腹部快速地蠕動，甚至發出咕嚕的叫聲。

鐘聲響起了，他刻意抬起頭搓揉雙眼，赫然發現林敏賢正回頭望著自己。「誒！白癡，中午沒吃飯唷？」張曉森忘了林敏賢在學校裡依然用著傲慢的態度對自己說話，待他意會過來，對方已轉身去收拾那沒吃完的餐盒。

課程開始後，他照常坐到林敏賢身旁，並偷偷在筆記本寫下一段話：「妳昨天怎麼了？」對方則在空白處寫上：「專心上課，不要害我。」

他則鍥而不捨地繼續寫道：「妳昨天是不是生氣了？」林敏賢立刻搶走他的筆，斜眼瞪著對方。張曉森仍不放棄地小聲追問：「妳幹麼？」

林敏賢猛然起身，驚嚇到了講台上的物理老師。「班長有什麼事嗎？」

「沒有。」她轉而彆扭地說，「我想去洗手間。」

「快去吧！但下次想上廁所請先舉手。除非真的忍不住了，老師才准許妳奪門而出。」

林敏賢在同學們的竊笑聲中走出教室，張曉森明顯感受得到對方的怒氣。然而當她回到了座位卻又變得異常冷靜，並悄悄遞上了一張紙條，「昨天晚上真的很對不起，但現在是上課時間，有什麼事情等放學後再說，好嗎？」往後他總算明白那是女人的生理期作祟，情緒才如此捉摸不定。

打從滿天星事件之後，班上就鮮少有女同學敢再對他開惡劣的玩笑，而林敏賢為了維持自身的影響力，偶爾還是會在大夥兒面前裝模作樣地戲弄他。林敏賢喜歡被擁戴的感覺，私底下也有著脆弱的一面，張曉森老是被她隱藏在月亮背後的心思搞得不知所措。

有次林敏賢在午夜打電話來，說想去學校游泳。他半信半疑地走出家門，沿著細長的防火巷經過月色下逐戶比連的夢境。步出巷口前，他探頭望著馬路對面的學校大門，儘管夜深人靜，或許還是有其他住在附近的同學依然醒著，擔心在這個時間點穿越大街難免可能被人發現，於是他特地繞到兩百公尺外的路口走到對側，總算從後門的圍牆翻進了泳池，卻只見到水面平靜無漪。

就在此刻手機響起了，鈴聲頓時迴蕩整座校園。驚慌之下他竟沒先料想那些被警衛抓到的後果，更沒想過父母發現自己犯錯之後應受的責罰，而是直接墜落無間煉獄，陷入岩漿，看著自己的身體一點一滴在眼前流逝。每次犯了錯他就是如此害怕，好像上帝從未留下一點寬容，好似人生必定該走在指標存在的正途上。

回過神時，張曉森發現圍繞在身旁的並非岩漿，而是真真實實、冰涼刺骨的感受。他掉入了泳池，水面逐漸淹過脖子、嘴唇，最終來到了鼻頭。不會游泳的他全然放棄了掙扎，試想這悲劇的下場若能彌補一切罪過，泰然接受或許就是最好的解脫。觸及池底的那刻，一聲撞擊撼動了水中飄流的衣袖，他再也憋不住了，終究吐出嘴裡的最後一口氣，視線循著滑過雙頰的氣泡慢慢上升，忽然見到一團黑影出現在波光之中，隨後有雙手捏住了他的鼻子，並推著他的後腦杓向上移動，水流快速經過身旁，感覺身體就像膨脹的氣球迅速浮出水面。

「快點呼吸！你沒事吧？」那是林敏賢的聲音。他還來不及回答，又馬上被拖住下巴拉往岸邊，「你是白癡嗎？怎麼就這樣掉下去了呢？」

上了岸，張曉森發現自己講不出話來，卡在喉頭的水頓時由鼻孔嗆出，這下終於可以聽見胸腔的低吼，他不敢相信那是自己發出的聲音。

「你聽得到嗎？不要嚇我！」林敏賢焦急地快要哭出來了。

「我沒事⋯⋯」

張曉森發現對方沒穿上衣，內衣上緣的蕾絲早已濕透，白皙的胸口反射著池面的波光。林敏賢頓時害羞地起身，迅速撿起襯衫，「沒事就快點起來！警衛馬上要來了。」接著她套上衣服往圍牆的方向走去。

出了校園，倆人死命地往河堤的方向跑，堆疊的步伐躍過堤防和公寓之間的窄巷，沿著黃色路燈一路來到了河濱公園。途中滴落的水跡彷彿暗夜私奔的證據，月亮在頭頂一上一下，夜風中張曉森嗅到了對方的喘息，不知不覺發現自己牽起了她的手，便假裝不經意地鬆開掌心。

「你幹什麼？」林敏賢停下了腳步，髮尾不停在眼前流落水珠。她沒有生氣，只是表情困惑地看著張曉森。

張曉森反倒顯得惱羞成怒，「什麼幹什麼？我又沒有怎樣！」

林敏賢眼神變得銳利，她瞪大眼睛說道：「我只是問說你幹什麼？為什麼要生氣？」

張曉森禁不起對方的挑釁，厭惡她老是看輕自己、嘲笑自己的懦弱，尤其是在他沒把握的時候。「妳到底想說什麼！為什麼每次都要用這種口氣對我說話？我看起來很笨嗎？要不是妳剛才打電話給我，我也不會掉進水裡！」

「還不是你這麼慢才來，害我等了那麼久！」林敏賢頓時鬆開緊繃的情緒，轉而沮喪地說：「算了⋯⋯我只是很單純地想知道你為什麼不牽我的手。」她別過臉去，「這個問題很難嗎？」

忽然又好似輕聲啜泣，「讓我知道你在乎，對你來說真的有這麼難嗎……」

張曉森給她的感覺就像座黑洞，無論拋出了什麼，都不會有任何回應。然而她不明白那些漂流在宇宙中的聲音總會一點一滴掠過張曉森的腦海，張曉森確實為此感到抱歉，老想抓住時機講些什麼，竟往往錯過了。他永遠都在為自己的膽怯而懊惱。

倆人最後又沒事一樣地並肩坐在堤防上，他們被濃稠的夜所包圍，好在長椅旁還亮了盞燈，也好在蜿蜒的河流依舊閃爍著月色。本該昏暗的路燈在夜深人靜時顯得格外鮮明，河水也在塵囂退去之後緩緩流過耳際。張曉森不理解這些路燈如今為誰而亮，一盞又一盞依著河堤綿延到視線的盡頭，相信此刻它們已不再俱備功能上的存在，而是有了自己的靈魂。張曉森靜靜望著溪水順文明築起的河道流動著，有好長一段時間他忘了林敏賢就坐在身旁。

林敏賢忽然開口問道：「為什麼都不說話呢？」

「有一定要說什麼嗎？」

「你這麼安靜，我怎麼會知道你在想什麼……」

「但我知道妳在想什麼。」

「那怎麼可能！」她假裝不耐煩地嘆了一口氣，「不然你說說看，我在想什麼。」

「妳不覺得這裡很美嗎？」張曉森望向遠方，讓視線停留在小丘陵地和月亮之間的黑幕。

「為什麼又逃避我的話題呢？」

「我沒有呀！」他回頭凝視對方的眼睛，「我知道妳也覺得這裡很美。」

「嗯……」林敏賢低下頭去看著自己的膝蓋，騰空的雙腿在椅子邊緣一晃一晃，「是真的很美，感覺就像時間停止了，」接著她抬起頭對張曉森說：「這就是你的答案嗎？」

「這就是我的答案。」

「好唷……我勉強接受。」她露出竊喜的笑容。

林敏賢彎彎的嘴角像月亮勾住張曉森融化在夜裡的幻想，濃稠的思緒緩緩滴落河中，順著水流漂到看不見的地方。他常想著孤身走入山林，但此刻卻更希望林敏賢的微笑能夠拉住習慣逃避的自己，於是他將靈魂鎖入路燈下的街道，試圖在熟睡的城市中窺探人間的浮世繪。

身後一棟四層樓公寓的陽台上，有位年約二十歲的青年正用肩膀夾著手機講電話，開心的笑容像山中綻放的五月雪，沿著老舊建築斑駁的牆面一路掃去了夜裡的寂寞。想必是在和喜歡的人聊天吧！然而就在不遠處，另一棟兩層樓的透天別墅內，天花板搖晃的吊燈下正上演著中產階級常見的家庭紛爭，一名妻子對著跪在客廳的丈夫咆哮，一旁男孩麻木的神情透露了他對雙親的失望，未來可能很難再對女孩子抱有太多期待。張曉森為此難過的同時，又注意到了河堤下方有對攜手走過樹影的老夫妻，他們嘴裡正談論著遠赴異地求學，那個令他們驕傲的兒子。

那會是自己的一生嗎？人們拖著往事在流年中逆行，儘管有些記憶已被沖刷殆盡，但深藏意識的感受往往比起具體的故事還要真實。就像那些童年受虐的靈魂經常刻意去遺忘悲慘的經過，渴求樂觀面對人生，但傷痕下老早變質的價值依舊持續腐蝕著他們的未來，終究難以接受他人。又好比那些富裕環境下孕育的幸運兒，即便歷經成長的叛逆以及家人之間的衝突，最後多半會再次選擇體諒，去滿足父母的期待。

林敏賢的存在竟喚醒了他望向未來的藍圖，然而張曉森終究沒有體悟到這項關聯，他現在只想到對方可能在夜風裡受寒。

「妳會冷嗎？」

「怎麼現在才問？」

「對不起……」他是認真地道歉。

林敏賢忽然大笑，「開玩笑的啦！我哪有你這麼虛弱。」

「少看不起人了！妳再穿濕的衣服，遲早要感冒。」

林敏賢的眼神竟曖昧了起來，「不然你想怎樣？」

「什麼想怎樣？」

「你家是不是就在附近？」

「是呀！」理解了對方話中的含意，他的語氣遂變得害羞，「妳想要幹麼？」

「當然是去你家換衣服呀！不然要我濕淋淋地回家？你爸媽睡了嗎？」

「我家現在沒有人。他們去爬山了，下個月才回來。」隨後張曉森又低聲說道：「最近半夜醒來都有種他們以另一個形式回來的錯覺……」

「對！那肯定是錯覺。少胡思亂想了！」林敏賢再往前走了兩三步，「講那麼多，到底要不要讓我去你家換衣服？你應該有比較中性的衣服吧？」

「妳這樣問我怎麼知道是哪一種。過去再看就好啦！」

「好唷！所以說你是答應了？」

「只是換個衣服又沒什麼……」

暗巷盡頭深藏青春的曖昧，失落的靈魂總在路燈照不到的地方嘆息，倆人走過的那條街如今已不再迷惘，僅徒留些許懷念。那個夜晚雖然平淡，卻也是張曉森經常想起的往事。

回到家中，林敏賢表情絕望地看著架上的衣服，「你就只有這些衣服嗎？」

「我就只有一個身體，是能穿多少衣服？」

「你真的很無趣！」她在衣櫃東翻西找，就是找不到一件可以穿上街的衣服，「真是個奇葩！」

「隨便妳！」張曉森拉開門縫察看掛在客廳的時鐘，「再不快一點天就要亮了。」

「你不要開門啦！」她拉出一團衣服丟在床上，「被別人看見了怎麼辦！」

「就跟妳講我家沒人了。」

「反正你不要開門，我沒有安全感。」

「就算他們突然回來，有我在妳也不會被當成小偷。」

「那還真是謝謝你了！」林敏賢試圖把話講得一本正經，卻怎麼也藏不住嘲諷意味。張曉森沒有理會她，反倒一股腦兒倒在床上。「不要躺在這！你身體還是濕的，這些是我等一下要穿的衣服耶！」

「真的太累了，我好想睡覺。」

「不行！你等一下還要陪我去搭車。」

「我才不會忘記，絕對不會讓妳一個人去搭車……」話才講完他就昏睡過去。醒來時指針已過了三點，林敏賢老早換好衣服坐在床緣。「妳怎麼沒叫我！」張曉森驚呼道。

「看你這麼累，想說讓你休息一下。」林敏賢背起書包打開房門，「你趕快換一件乾的衣服吧！公雞都快起床了。」

倆人沉默地坐在計程車後座，車柱下的陰暗裡反覆著街燈前的蜃景，一道接著一道掠過女子無神的臉龐，像是時光流動的頻率卻未留下一抹痕跡。她在男孩眼中是一霎悸動，也是永恆的執念。張曉森無法克制自己不去看她，而在膨脹的思緒跨越臨界之際，內心的紊亂片刻化作劫後淨土，轉在無聲的荒漠遙望地平線上的太陽冥思。

「你在想什麼？」林敏賢點醒了他。

「沒有呀！」

「你幹麼一直看我？」

「我沒有在看妳……我在發呆。覺得身體好累。」

「真的嗎？」林敏賢轉頭望向窗外，「你是不是很喜歡我？」

當下離心力帶著張曉森遠離那些紅塵俗事的煩憂，不曉得是問題沿著彎道的切線方向被拋去了遠方，還是自己已經脫離了原有的慣性宇宙。即便那句話言猶在耳，卻是愈聽愈淡，總有一天也會消失在無所謂的記憶裡。林敏賢倒也沒有多想，但對於再次被忽略的失落，依舊在潛意識底默默記上了一筆。她估算起那黑洞的大小，也開始懷疑對方是否有某種認知上的缺陷。

隨後車子又像上了軌道般平穩地行駛。「有件事情忘記告訴你，」林敏賢突然想起了什麼，「在你睡覺的時候我聽見了奇怪的聲音，好像是滴水的聲音，」她的眼神開始漂移不定，「正確來講是水滴在地板的聲音。原本以為是你身上的濕衣服，因為當時你還沒換下襯衫，但其實我還聽到了……」此刻一台貨車轟隆隆地從對向車道經過，張曉森一時之間沒聽清楚對方的話。

「是妳聽錯了吧？剛才出門的時候地板上沒有水呀！我等一下再回去檢查好了，說不定真的有漏水。」

「漏水？但是今天晚上沒有下雨呀！」然而林敏賢就此打住了，「算了，應該只是聽錯，」她不願再為此糾結。肯定是稍早張曉森流露出他對於父母的那份擔心，不經意引起了恐懼的猜想。

引擎聲劃過連接新舊城區的橋樑，張曉森很熟悉那片河床中央長出的茂盛雜草，儘管只有在上回送她返家時經過一次，但夢裡的那座橋卻早已走過了無數回，他也總在橋的中段停下腳步，倚著欄杆俯瞰溪水流過月色下葉影婆娑的沙洲。

最後林敏賢讓計程車停在巷口，她給了對方回程的車資，打算獨自消失在陰暗的防火巷，走了兩三步竟又轉身說道，「你不打算再陪我走一段嗎？」於是張曉森答應了她。

抽水馬達一來一回地轉動，反覆顛倒著長巷兩端的終點與起點，即便時間猶如跳動的脈搏直線加速，長巷卻永無止境般拉長了緊繃的思緒，腦袋好像就要被撕裂開來了。張曉森低著頭靜悄悄地跟在她身後，有好幾次對方的腳踝離開了視線，他便會再次跟緊腳步。

林敏賢忽然轉頭說道，「你要像這樣一直跟著我嗎？」

「不是妳要我陪妳走一段路的嗎？」

「我是要你陪我走一段路，但不是像變態一樣跟蹤我，」林敏賢主動拉起了他的手，「來！你走在我右手邊。我喜歡別人走在我的右邊。」

「為什麼是右邊呢？」

「其實我也不曉得，只是覺得這樣比較有安全感，或許我的右半邊比較脆弱吧！」如預期地當下張曉森並未接話，他只有在多年後繁忙的工作壓力下得了帶狀泡疹，才又偶然想起了這句話——脆弱的右半邊。林敏賢繼續問道：「你有特別想哭的時候嗎？」

「印象中我沒有哭過。」

「那怎麼可能！就連看電影，或者是聽到感人的故事，你都沒有哭過嗎？」

「我想不起來。也許有吧，但我現在就是想不起來。」

「其實我想講的是感動的時候，你應該有被什麼事情感動過吧？」張曉森起初沉默不語，林敏賢頓時為他的羞澀模樣捏了把冷汗，深怕對方會像氣球一樣炸開。

隨後張曉森告訴她，「我很喜歡星空，尤其是山頂的星空。並不是說海邊的天空不漂亮，而是在海邊，我總只看得見月亮。」面對這難以接續的話題，林敏賢的內心逐漸感到疲乏，她加快腳步一心只想著回家，張曉森沒意會到對方的無奈，只是繼續跟在她身旁。將要跨出防火巷時他突然問道：「妳後悔了吧？」

「才不會！」林敏賢停下來看著他，「我很開心你能送我到這。」

「我的意思是……妳有沒有後悔當我的朋友？」

「為什麼要這樣說呢？」

「好吧！那就到這囉！我也很開心能陪妳走到這。」

「到我家還要再走三分鐘，你不陪我了嗎？」

張曉森將視線停留在路燈下的那團光圈，隨後眨了眨眼，看似進退兩難。好在此刻他還沒被攪亂的思緒掐得窒息，接著他以極微細小的聲音說：「如果可以……妳想走多遠我其實都沒差。」

「這可是你自己講的唷！該不會是畏懼我班長的淫威才會說出那種話吧？」

「隨便妳怎麼想。我們走快一點吧！明天還要上學。」

「就知道你不情願！」儘管那聽來有些刺耳，張曉森卻為此鬆了口氣。與其面對感性的話題，他當下倒比較情願對方咄咄逼人的態度。

路燈下的街景彷彿幻燈片一道接著一道閃過，放映的仍是千篇一律的憂鬱神情。搭計程車返家的途中，張曉森看著窗外回想剛才來的路上那些經過眼前的光景，卻始終猜不透對方的心思。台北的清晨真的好安靜，安靜到聽不見自己的聲音。

三

如今在偌大的校園裡他只能信任林敏賢，儘管對方的眼神老顯得不以為意，張曉森仍舊依賴著彼此的默契，晃眼過了不少日子，每天總期待放學鐘聲能夠提早敲散課堂上的迷霧，讓他有機會看清對方的真誠。」

一天夜裡倆人又偷跑進了學校，微風下的水池波紋映上瓷白磚牆，隱隱湧現長長夏日裡的昏昏欲睡。張曉森呼吸空氣中的濕度，幻想自己也能在水底恣意舞動。過了許久，林敏賢總算在月影中浮出水面，上岸之後，她接過對方手中的毛巾，並輕輕地在身旁坐下，「水流輕撫我的臉頰，不著痕跡地帶走多餘的眼淚。」

「妳在說什麼？」張曉森對她無意間說出的話感到困惑。

「沒什麼，只是在書上看過的句子。」這種年紀的女孩經常著迷於一些不知所云的話，林敏賢自然也不例外。她隔著毛巾靠在對方肩上，濕潤的體溫透過棉布柔軟的質地傳遞到張曉森僵硬的身軀，「想知道眼淚為什麼是多餘的嗎？」

「書中的話多半沒什麼意思。」

「正因為眼淚對你而言沒什麼意思，當然是多餘的囉！」

「幹麼又扯到我身上……」

林敏賢忽然小聲叫道，「那邊有光！警衛來了。」他們發現毛玻璃後方那條通往大門的長廊出現微弱的光點，她趕緊收拾衣物，「怎麼辦？」

「翻牆呀！」張曉森正要拉起她的手，竟被狠狠甩開。

「我還沒換衣服呢！難道你要我穿泳衣走在大街上嗎？」

眼看毛玻璃上的光圈逐步放大，對方似乎認為自己可以逮到上回闖入泳池的人，正要邁開步伐加速逼近。張曉森丟了平時的三心二意，抓起對方的手直接衝進女性更衣室。

「小力一點！為什麼要帶我來這？」

「躲在這裡他就不敢進來了。」

「那你為什麼就敢？而且他是警衛，有哪裡不能去？」

「不然還能怎樣？」

林敏賢立刻摀住他的嘴，「我又不是在找你吵架！幹麼這麼大聲。」她牽起張曉森的手往更深處走去，打開那組掛滿泳衣的鐵櫃，並將衣物推向右側好讓出倆人藏身的空間，「你先進去。」於是張曉森躬身踏上鐵櫃，轉身蜷伏在冰冷角落。接著他伸手拉了林敏賢一把，卻害得對方踉蹌地跌入胸口。「都跟你說不要這麼大力了！」

「噓——」張曉森小心翼翼地挪動身子，由於空間狹小，若不靠緊著坐，鐵門實在無法關上，「不要再出聲了。」

最後雙方終於找到了可以勉強接受的姿勢——他們必須面對面弓起腿對坐，膝蓋交錯地靠著，才能剛好將門闔上。

「屁股好痠……」

「你放輕鬆一點，」林敏賢夾著他的腿靠向內側壁面，「這樣有好一點嗎？」

「可以了，謝謝……」至此穿著短褲的張曉森已是滿臉通紅，林敏賢的泳衣還沒換下，她小腿的肌膚很柔軟，夾在雙腿之間的膝蓋則有些許冰涼。張曉森想像對方細嫩的腳掌正藏在自己的大腿下方，所幸黑暗中什麼也看不見，否則真不知該如何是好。

有好長一段時間倆人都不發一語，夜風透過上方的板金開孔流入鐵櫃，林敏賢不禁打了寒顫。「包包裡有外套，妳等一下。」張曉森想在狹小的空間裡抽出外套，但身後的書包被壓扁了，就連拉鍊上緣也摸不著。

「手機在你那嗎？」

「在我口袋裡。」他吃力地挪動身軀，拿出手機交給了林敏賢，怎知對方忽然開啟閃光燈。

「幹麼開燈！」張曉森不知道該將視線放在何處，竟閉上雙眼繼續翻找書包。

「該看的你都看過了！你很無聊耶……快找啦！」

「才不是……把燈關掉！好刺眼。」

張曉森抽出外套的同時，林敏賢發現自己的內衣也被順勢甩了出來，她趕緊關掉手機，「快把內衣還給我！」

張曉森慌亂地在雙腿間尋找內衣，找了一會兒終於摸到了蕾絲邊，「幹麼把這種東西塞在我包包裡。」

「我今天又沒背書包！」隨後又是片刻沉默。約莫過了五分鐘，她才再度開口，「我很冷。」

張曉森這才想起懷裡的外套，全然忘了自己在做什麼，「對不起！」他立刻將外套遞給對方。林敏賢把外套蓋在倆人的膝部，張曉森發現她正在發抖，於是夾起雙腿好讓對方暖和些，卻又擔心她會因此生氣。怎料林敏賢竟小聲地說：「這樣好多了，我知道你很勇敢。」然而張曉森並沒有回答她。

張曉森頓時覺得自己身處混沌，由上方氣孔投射出的兩道光線中充滿了極微細小的塵埃，看似繁星在天幕流動。須臾間他隱約察覺到腔體的呼吸，一縮一脹孕育著生命的意識，彷彿早先不曾存在於鐵櫃中的東西即將孵化，他卻懼怕起那種感受，情願永遠處在失序的世界。直到明白了那是對方安詳的睡眠，一吐一吸濕潤了彼此的空氣，他才選擇放下那些不安。

有那麼一刻張曉森想要喚醒對方，深怕冰涼的鐵櫃會取走林敏賢熟睡時的體溫，但她的雙腿卻愈來愈熱，甚至滲出濕黏的汗水將彼此融在一塊，這也讓張曉森不捨得戳破宇宙的泡沫，寧可繼續照看對方的睡眠。持續感受那深沉的呼吸，循著規律起伏，張曉森逐漸沒入了夢境，虛渺之間竟對著莫名的聲音說話。

有人問他：「我經常夢見自己是條鯨魚，忘了呼吸的感受，在深海中漫無目的地游泳。你呢？你這麼喜歡爬山，在山裡你會是什麼？」

「在山裡……我什麼也不是，甚至不是滑過枝葉的微風。」

「我聽不懂你講的那些，可以講點能讓我感受到你的東西嗎？」

「我指的就是感受。我僅僅是存在於森林中的視覺，既無煩惱，也沒有所謂的物性，卻能了解自然界最純粹的美。即便到了萬物皆空的境界，依舊記得與妳相處時的快樂。」

「跟我在一起為什麼會感到快樂呢？」

「細節並不重要，重要的是時間消失的剎那，永恆才會留存。」

睡夢中，張曉森看見一尾鯨魚在山谷間遊憩，時而潛入雲海，時而躍過山巒，最後祂蜷伏在樹林裡休息。瀰漫的水霧滋潤了容易乾涸的肌膚，鯨魚是哺乳類動物，就算早已習慣深海的壓力，要是沒了氧氣也會溺斃，想必是在上岸換氣時無意間造訪了這處山林。那尾鯨魚誠如道家所云之龐然大物，能化作鵬鳥騰空而起，一展翅便環抱了整個宇宙。於是張曉森決定安心地睡在鵬鳥的羽翼下，過了許久才在冰冷的鐵櫃中醒了過來，當下竟覺得有人正注視著自己。

林敏賢沉穩的呼吸聲不見了，他並不懷疑對方會趁著自己熟睡悄悄離開鐵櫃，所以不敢說出任何一句話。

林敏賢率先開口了，「你睡著了嗎？」

「有睡了一下。」張曉森感到雙腳發麻，好似成千上萬隻螞蟻在皮底流竄。他奮力撐起雙手，屁股總算離開了鐵板，然而鐵櫃禁不起晃動發出嘰嘎的聲響，最後他幾乎是以滾的方式跌出門外。

「你沒怎樣吧！」

「沒事……出來吧！我扶妳，」張曉森牽起對方的手想拉她出來，結果倆人重心不穩，東倒西歪地不斷碰撞身旁雜物，最後竟抱在了一塊。

如此貼近她的臉，張曉森心中並未有一絲羞澀，因為他正訝異著自己能在對方的眼珠裡找到那尾鯨魚。此刻穿林微風翻山越嶺吹入校園，拂過池水為張曉森帶來山谷中的寧靜，這份寧靜足他沉醉一整夜。

林敏賢忽然點醒了他，「摸我屁股幹麼？」張曉森趕緊將手縮回，搖晃之下又不慎觸碰到對方的鼻頭。她驕氣地說：「你到底想怎樣？」

「我只是不小心的！」

「哼！那就算了。」林敏賢不高興地走向前去，才要離開門口又轉頭說道，「包包給我！我要拿衣服。」張曉森慌慌張張地交出書包。而直到對方都套上衣服準備要離開，他仍呆若木雞地站在原地。「你再不走，我要走囉！」張曉森這才跟上了腳步。

那夜張曉森喝醉似地忘記自己如何回到家中，躺在床上還回想著那處陰暗的鐵櫃，儘管空間狹小，卻有著足以讓鯨魚翱翔的天空。不確定是否僅是一廂情願，他感覺林敏賢也想在那兒多待一會兒。無論是對方選擇沉睡在他那片幽靜的山林，還是她伸出了翅膀照拂著熟睡的自己，都足以表明林敏賢也享受著那處渺小的宇宙。張曉森為此開心，理當伴隨美夢入睡，凌晨時分卻從萬分恐懼中驚醒。

房間比往常還要黑，即使窗子很遠，天氣晴朗時月色還能為書桌染上一層輪廓。如今雖然聽不見風雨聲，也該是烏雲密布，否則不會連一絲微弱的光線都沒有。此時他想到了另一種可能——或許有東西正站在床頭看著自己。這種假設在半夜想來特別恐怖，尤其是在噩夢尚未消散之際。那抹黑影一動也不動，沒有任何生的氣息，過了許久待眼睛適應了黑暗，這才明白那只是自己心中的影子，但不安的情緒依舊伴隨著他直到天亮。

後來有整整一個禮拜林敏賢都沒有來學校，班導師並未說明原因。少了林敏賢的起鬨，班上同學逐漸對他失去了興趣，張曉森覺得自己更像個透明人，反倒懷念起那些無傷大雅的惡作劇。週五放學後索性跑到對方家樓下，他想要道歉卻不知該為何道歉，自己明明沒有做錯什麼，為何對方要避不見面？愈想愈生氣，賭著氣竟也待到了深夜。

張曉森錯過了路人疑惑的眼光，也錯過了一場小雨，更錯過了本該有的飢腸轆轆，直到一名中年男子忽然出現在面前。「你是敏賢班上的同學吧？為什麼要一直站在這邊呢？」男子的態度很差，「我是敏賢的爸爸，你這麼晚還不回家，家人不擔心嗎？」

他垂著頭小聲說道：「我想找林敏賢……」

「我已經問過敏賢了，敏賢說她跟你不熟，你趕快回家吧！」

「我們是好朋友！」

見這孩子死賴著不走，林爸爸的火氣也上來了，「敏賢說你在班上老是跟她作對，你到底想做什麼？」

他反駁道：「我沒有跟蹤他！」接著又委婉地說，「我只是想看她一眼。」

「你這個沒家教的孩子，三更半夜還賴在我家樓下不走！」林爸爸終於止不住怒火，衝動地拿起了手機，當下張曉森還以為對方會動手打人。「喂……警察局嗎？你好，這裡是秀豐街七十巷……」至此張曉森仍不為所動。

林爸爸上樓之前，他抬頭看見林敏賢就趴在窗台望著自己，絲毫沒有擔心會被發現的樣子。不理解對方為何這般捉弄自己，難道只是為了在泳池發生的那些事嗎？他究竟做錯了什麼！

最後林敏賢居然眼睜睜地看著警車載走了張曉森，警示燈交替映入她了無情緒的臉龐，好似一切事不關己。她自然明白這玩笑開得過火，卻又下不了台階，原本只想給對方一點懲罰，誰叫他老是畏首畏尾不願對自己多作表示，又怎麼知道張曉森竟如此頑固。儘管這是賭氣的結果，躲在心底那調皮的惡魔仍舊看得樂不可支。然而到了隔日早晨，林敏賢立刻對自己所做的事情感到後悔。

據晨間新聞報導，日前對登山經驗豐富的夫妻在月底通過了檢查哨，原定七天後由東部下山，至今過了兩週卻毫無音訊，其友人已通報救助協會擬定搜救計畫，預計會在午後展開搜索。

林敏賢擱下手邊的稀飯，立刻請媽媽打電話給正在公司上班的爸爸。

「爸爸今天去公司加班，中午就會回來。為什麼要現在打電話給他呢？」

「妳別管這麼多！快幫我打電話給爸爸！」

「妳哪根筋不對！要打自己去打，」林媽媽走進了廚房，並對著客廳大喊，「妳星期一就給我去上學！」

林敏賢激動道：「昨天被警察帶走的那個男生，他的爸媽失蹤了！」

林媽媽從廚房探出頭來，「是現在電視上報的那個嗎？」

「不要問這麼多！快幫我打爸爸的分機，叫他馬上陪我去警局一趟，他手機一直沒接！」

街上下起了細雨，路人髮梢纏繞著綿綿思緒。林敏賢期待所有不安能在見到他之後雨過天晴，當然那只是不知所措下的寄望，缺乏邏輯上的連結，但她又能怎樣呢？早已料想歷經種種打擊的張曉森會如何失魂落魄，自己又怎會選在對方最脆弱的時刻冷眼旁觀，甚至害他進了警局。或許可以說服自己那僅是無心之過，或許張曉森也並未如想像中那般脆弱，儘管她有很多理由能為自己開脫，然而當下內心卻只有愧疚。

「等一下讓爸爸來就好了。」開車的林爸爸在停等紅燈時轉頭看見她臉上的憂慮。

「你剛才說什麼？」
「等一下讓爸爸去說就好了，妳待在車上。」
「我覺得他會怕你。」
「爸爸才沒有那麼兇……」綠燈亮起了，他回過頭去轉動方向盤到對向車道，林敏賢這才發現原來已經快到警局了。「爸爸會說全都是自己搞錯了，你們其實是好朋友。」
「我們一起進去吧！這樣他比較安心。」
「你們還有很多時間可以在車上聊呀！」
「我想要自己陪他，你先回去吧……有你在他才不敢跟我說話呢！」
「為什麼要讓父母擔心呢？」
「他又不是壞人！」
「我知道他不是壞人。但你們都還只是孩子，他又剛好陷入低潮，爸爸怕你們會互相影響，作出後悔的事情。」
「你到底在說什麼呀！哪有什麼後悔的事！」
一停好車，林敏賢便迫不及待地跑進警局，起先看見張曉森正面無表情吃著麵包，一路以來的擔憂遂減輕了許多。然而當對方發現自己時竟隨即紅了眼眶，這才瞭解到他是何等脆弱。
「你沒事吧……」林敏賢靠了過去，想一同坐在長椅上。
「妳不要過來！」張曉森低下頭去掩飾淚水，「對不起！我只是眼睛痛。請妳不要過來，」講完又假裝沒事，繼續咬起麵包。

林敏賢理解他的羞愧，又不知該如何是好，「對不起……」她鼓起勇氣再度慢慢靠了過去，「我知道你沒事，我可以坐過來嗎？」張曉森則開始狼吞虎嚥，麵包吸乾了嘴裡的水份變得難以下嚥。於是林敏賢從背包裡拿出了保溫瓶，「快喝水……你吃慢一點。」她刻意迴避對方的眼神好紓解之間的緊繃情緒，「你慢慢吃，不用管我。」

就這樣倆人互不相望地坐在長椅上，街外傳來的引擎聲填補了時間的空隙，電視機裡的模糊訊號也安撫下敏感的神經，至此張曉森總算接受了自己的脆弱，誠懇地對她說了：「謝謝妳。」

最後在林敏賢的堅持下，林爸爸總算答應讓她單獨陪張曉森回家。陽光露臉時，倆人坐在百貨公司外的花圃椅上，看著積水中的行人踩過一圈又一圈的漣漪。

「要不要去看電影？」林敏賢問他。

「我身上沒帶錢，而且天快要黑了。」

「別擔心，我有這個！」她拿出了信用卡，「我媽借給我的。」

「妳媽怎麼可能給妳這種東西！」

「管這麼多幹麼！反正我們去看電影就是了。」

拗不過林敏賢的要求，他們沿著商店街一路走向人聲鼎沸的鬧區，途中經過一家賣登山用品的商家。林敏賢忽然停下腳步，「我們進去看一下。」

張曉森猜不透對方的心思，「妳又不會爬山。」

「你又知道了，搞不好有一天用得到呀！」

一進到店內她就開始東問西問，好似真把爬山當一回事。面對千奇百怪的問題，諸如怎麼在山中燒水煮飯，如何搭帳棚，甚至是該到哪上廁所，原本張曉森只應付著回答，但當對方拿出信用卡準備結帳，他才驚覺事態不妙，連忙阻止道：「妳瘋了嗎？這些東西很貴耶！」

她嘻皮笑臉地說，「等你有能力辦信用卡給我刷，再來罵我也不遲。」林敏賢作完了鬼臉，便將信用卡交給店員，隨後提著大包小包的戰利品走出店外，臉上洋溢幸福的喜悅。張曉森想幫忙提點東西，竟被她頑強拒絕。「這都是我的寶貝！我要自己拿。」

「隨便妳！高興就好！」張曉森索性離開了店門口，逕自朝電影院的方向走去，「看完電影我就要回家了。」

「為什麼要趕著回家？你有什麼重要的事情嗎？」

「我爸媽都失蹤了！這還不重要嗎？」

「搜救隊一定會找到他們的，你不要一直放在心上。」

「我至少該回家等電話吧！」

「剛才爸爸都跟我講了，一旦找到他們，警察就會立刻打你的手機。」張曉森不但沒有回應，並且愈走愈快，提著登山用品的林敏賢必須小跑步才能跟上，「你給我走慢一點！再這樣我要生氣囉！」

張曉森總算停下了腳步，轉身取走她手上的提袋，隨後又自顧自地往前走去，只是步伐慢了些，「我們去看電影吧！妳不要再故意拖延時間了。」

林敏賢沉默地跟在後頭，看著他逆光中的背影流露出成熟的魅力，明明和自己一樣只是個孩子，甚至比自己要小三歲。此刻的張曉森卻不再像學校裡那副忍氣吞聲的沙包，一時令人十分著迷。

電影開始前林敏賢要回了那袋裝備，如同抱枕般將提袋沒入懷中。張曉森為此納悶，黑暗中時不時確認她是否已將提袋放下，畢竟要以這樣的方式看完整場電影，旁人無不投以好奇的眼光。然而對方也確實地滿足了自己的困惑，從頭到尾都未曾放下她的寶貝。

結束後他們到樓下的酒吧吃簡餐，林敏賢想點雞尾酒，但被張曉森制止了，為此他還特地告知店員倆人都還未成年，這讓對方心中很不是滋味，「你幹麼要跟他說！真的很討厭！」

「高中生本來就不可以喝酒。」

「你真的很無趣！」講話的同時，她一面把玩著手中的信用卡，「你知道法國人十六歲就可以喝酒嗎？」

「妳也知道那是法國人，不是妳。」

林敏賢抗議道：「我下個月就滿十八了！」

「那妳等下個月再喝。」

「有什麼差別嗎？」

「因為我不相信妳的話！妳不是應該才大我一、兩歲嗎？」

「那是你以為！」林敏賢仍不死心地看著菜單上的酒精飲料，「我國中休學過一年，」見到對方懷疑的眼神，明白他並不相信自己所講的話，於是接著說道：「你應該知道我從小就很喜歡游泳吧？但其實我真正喜歡的並不是游泳，那只是藉口，好讓爸媽安心地讓我去泳池玩。打從我第一次碰到水，我就愛上那種被包覆的感受，與其說是愛上了那種感受，不如說更像找回了本來就屬於自己的東西。後來我發現自己可以在水中待很久，我指的就是閉氣這件事，或許一直以來我講的話你都只肯相信一半，但我可以很明確地向你保證，我能夠在水裡待將近十分鐘都不用換氣。」林敏賢闔上菜單，思緒逐漸飄向遠方，飄到她國二那年的夏天，大概也是張曉森如今的歲數。

多年前的一個上午，學校的游泳課結束後大家都準備去廁所換衣服，唯有林敏賢躲過體育老師的視線，偷偷爬上教職員宿舍的頂樓。

自清晨醒以來她就頭痛欲裂，唯有上課時潛入池底才能稍稍舒緩疼痛，但或許是覺得池水太淺了，才又突發奇想將目光放在反射艷陽的水塔。當時她小心翼翼地踩上鐵梯，到了頂端，先環顧四下確認沒被發現，接著靜靜望著水塔內因晃動而失真的太陽。等到太陽恢復了原狀，她便縱身一躍落入塔底。

溫暖的水壓將自己完整包裹，她感受到母體的心跳，彷彿回到子宮般充滿安全感。時間一分一秒過去，林敏賢心中沒有一絲躁動及恐懼，抬頭看見陽光在水表暈開，形成數道輻射狀的光線落在身上。隨後周圍響起了各種奇怪的聲音，一團黑影突然出現在上方，接著便有人試圖伸手抓她，於是林敏賢總算放棄了這片刻的歇息，選擇自己浮出了水面。

「然後呢？妳最後有怎麼樣嗎？」聽完故事的張曉森驚呼道。

「最後當然是被大人臭罵了一頓。也因為如此，校長還勸爸媽幫我辦理休學先回家靜養。我在家休息了一陣子，之後才又轉進誠德女中的國中部。」
「妳為什麼要自殺呀？」
「那才不是自殺！我只是喜歡待在水裡的感覺。」
「太詭異了，任誰聽完都會以為妳想自殺。」
「這我理解。猜想我上輩子大概是一條鯨魚吧！在水中優遊自得，再也無法在陸地找到相同的樂趣。」林敏賢再度翻開菜單，這次她看的是軟性飲料的頁面，「不喝酒，喝可樂總行了吧！」

張曉森頓時鬆了口氣，轉頭望向黃昏下的街景。

林敏賢聽著店內播放的輕快旋律，猜想對方此刻的心思，「這傢伙肯定正盤算著什麼……要是能把一半的心思放在我身上就好了。」然而又不想打斷對方的思緒，那只會讓他當下的想法更加堅決。直到下首曲子開始前，她才忽然開口：「我們等一下去……」張曉森像條驚醒的魚突然望向自己，這讓林敏賢十分害羞，遂變得欲言又止。隨後她鼓起勇氣問道：「等一下去泡溫泉，好不好？刷這張卡今天有優惠。」

「不太好吧！」他解開了錶帶拿在手上把玩，不到五秒鐘又戴了回去，「我想回家了……」

「又要回家！為什麼每次出來都要擔心太晚回家？」

「天氣這麼熱我不想泡湯，而且妳不應該亂刷妳媽的信用卡！」

林敏賢突然撒嬌了起來，「求求你了……陪我去好不好？」張曉森未曾看過對方如此說話，她甚至將雙手合十，「拜託你了，」見張曉森仍不為所動，她改變了原本輕柔的語氣，曉以大義般，表情相當認真，「這是之前刷卡累積到的禮物，再不用就過期了。而且泡湯又不能一個人去，假如我昏倒了怎麼辦？你不在乎我的安危嗎？」

「到時候妳爸爸又要罵我了。」

「就知道你會這樣說！膽小鬼……你還算是個男人嗎？」隨後又調皮地說，「你放心，我又不會對你怎樣。」

「妳還能對我怎麼樣？」

「既然如此……是去還是不去？」

禁不起對方一下的搖尾乞求，又一下的情緒勒索，張曉森總算答應了她。當時帶著忐忑不安的心情和林敏賢搭上前往郊區的巴士，究竟是由於父母的失蹤，還是對方不按牌理出牌的態度，如今已不得而知了。

四

多年後已經是位成熟大人的張曉森，自然明白那夜林敏賢約他去泡湯需要多麼大的勇氣，也早就理解對方原先只想藉此阻止自己一意孤行。倆人的關係為何演變到今天的地步，張曉森已無心探究，如今面對她的婚禮邀請，卻始終無法下定決心，怎曉得一段早該逝去的感情，竟會變得如此強烈。

此刻他正和同事坐在吧檯聊天，聊的正是當年和林敏賢的往事。

「每次都是我約你出來訴苦，這還是頭一回聽你倒垃圾呢……結果這麼一倒，就把你整個少年黑暗史都翻了出來，真想不到你以前是個自閉兒。坦白講我也很喜歡爬山，玉山、雪山、合歡山我都爬過，但一個人跑去山頂看星星的那種事情我卻想都沒想過，聽起來實在太孤僻了……更別講你那些不切實際的幻覺，我想除了你之外，大概只有莊子可以看見飛在天空的鯨魚……」這名同事叫作楊振愷，是公司裡出名的調情高手，西裝筆挺的他，一下班就趕赴邀約到樓下的爵士吧暢飲。相較之下，早在離職前夕就開始放長假的張曉森，一身不修邊幅，彷彿失業已久的喪志青年。

「對我而言那才不是幻覺，是實際發生過的事……」

「都一樣啦……最近身體還行吧？感謝你在工作上幫了我很多忙。你的腸胃會出毛病，搞不好有一半都是我害的。下一份工作開始之前先好好休息吧！」他將酒杯舉在平視的高度，「恭喜你錄取外商公司！」

「你也幫了我不少忙，」張曉森舉起酒瓶輕敲他的杯緣，「以後公司就靠你了。我們還是聊點別的吧！」

「當然是再聊聊溫泉飯店發生的事呀！」他輕浮的語氣令張曉森有些反感。

「就知道你對這種事特別有興趣。」

「別那麼說，若非真的關心你，我怎麼會有耐心陪你坐上三個小時呢？晚飯都還沒吃……」

他捻熄菸蒂，啜了口杯緣抹上粗鹽的琴湯尼，接著又點燃另一支菸，「你們究竟走到了什麼地步？假使交情比我想像得還深，可能會低估你對她的影響。不說怎麼能給你意見呢？畢竟是要去人家的婚禮呀！」

「都跟你講這麼多了，你覺得我和她的交情還不夠深嗎？」

張曉森盯著手中的酒杯，一條昏沉的魚已在杯中繞了數圈，卻還是走不到故事該有的結尾。或許在澈底放棄之前任何事情都不會有結尾。

空氣中瀰漫了一股硫磺酸味，當時林敏賢背對著自己，上半身赤裸地泡在乳白色的泉水中。「你不過來嗎？」講話的同時她沒有絲毫移動，仿若一副共振的空殼。

「我只是去上個廁所……妳手腳也太快了吧！」尷尬的張曉森刻意帶著嘻笑。

林敏賢望著窗框中搖晃的樹影若有所思，張曉森疑惑眼前的那棵樹是如何擄獲對方的心思。接著她倏然起身，水珠順著背部曲線流下，滑過臀部消失在雙腿之間。

張曉森立刻轉身背對池水，盤起腿坐在床上。隨後他感到床緣下陷了，於是緊張問道：「妳要幹麼？」

林敏賢由身後抱住他，「不要離開我好嗎？我知道你想一個人上山，」淚水在他耳邊滴落，「要去的話……請帶我一起去。」

張曉森不知如何拒絕，看著立在門口的登山裝備，心情遂變得複雜，「把那些東西退掉吧，山裡不是妳能想像的。」

她抱得更緊了，「要是不帶我去，過了今晚……你就再也見不到我了。」

張曉森推開了她，頭也不回地衝出房門，留下濃霧中被拋棄的失落。

每每回想起過去的衝動，張曉森都感到像自我了斷般愚蠢，片刻解脫之後，接續的全是悔恨。如今看著吧檯後方的裝飾燈，醉意已全然退出髮梢，只剩下清醒後的空虛。

楊振愷為張曉森點了份威士忌，順手取走他胸前的酒杯，「這杯讓我來喝吧！」講完便一飲而盡。張曉森也喝掉了威士忌，濃厚的麥芽頓時充滿鼻腔，並在腦中繞了好幾圈，最後才又順著感嘆離開了嘴角。

「你當時的心情一定很混亂，爸媽不見了，還要擔心她想為你冒險。畢竟那是兩小無猜的戀愛呀！完全沒有後顧之憂，聽起來頗令人羨慕……」楊振愷搭著他的肩膀，「我自詡為久經沙場的老將，沒想到你這小子居然開竅得比我早。反正事情都過了，你爸媽最後不也沒事了嗎？那段插曲應該構不成你們分手的原因吧！」

「被那樣拒絕，總覺得當時她的心已死了一半，也許一輩子也忘不了。」

「忘不了最好！感情最值得回味的不就是那些傷心時刻嗎？現在她會回來找你，肯定也念著以前的事情。」

「你忘了今天是來幫我決定要不要去參加婚禮的嗎？我就是怕自己的出現會影響到她！」

「玩笑歸玩笑，現在知道她當初愛得很深，我勸你還是拒絕她的邀請吧！免得惹事生非。」

「你還是讓我把故事講完再下定論吧！」

「怎麼突然變得這麼主動？」楊振愷斜眼看著他，手指在耳垂邊輕彈了一下，「洗耳恭聽囉！」

逃離飯店的那夜張曉森跑到網咖去做了行前功課，即便心中放不下林敏賢，他依然固執地告訴自己：「我現在只想做一件事，那就是上山。」倘若不如此說服自己，腦袋恐怕就要被攪成一團死結。

夜已深，他索性在網咖睡了一晚，隔日一早便急忙跑去賣場採買乾糧，接著又到五金行挑選野炊器具。忙了一個上午終於備齊清單上的用品，帶了便當準備回家睡覺，計畫先休息一天，翌日清晨再出發。結果還不到門口，就從遠處發現穿好裝備的林敏賢守在他家樓下，見那對紅腫的雙眼，昨晚應該哭了一整夜。

張曉森走近，別過臉去說道，「對不起……妳還是不能來。」

「拜託你讓我去！」

「妳已經很久沒上學了，大家會忘記妳的。」

「我不在乎那些，我現在只想和你在一起。除非你不去山上了。」

「搜救隊不比我了解那個地方。」

「那你就去告訴他們要怎樣才能找到你爸媽呀！」

「那太慢了，搜救隊的計畫通常都很保守。」

「那你就是想去冒險嘛！」此刻陽光劃破雲層，照在林敏賢厚重的禦寒衣物上。

張曉森擔心她會中暑，於是說道：「我們先上去吧！」

才幾天沒回家客廳就有了霉味，靠近天井的臥室尤其嚴重。張曉森打開玻璃窗清理紗窗上的灰塵，並在客廳和廚房各擺了電扇通風。想到林敏賢之前提過的滴水聲，他特地檢查了屋中各個牆角及天花板，所幸都沒有漏水的跡象。

忙了一會兒才發現林敏賢還站在電視櫃前，像是脫了牽繩的小狗，「妳不熱嗎？為什麼不把外套脫掉？」

林敏賢賭氣地說：「我不要！」

「那是到山上穿的。」

「我就是要去山上！」

張曉森翻開她塞在襯衫內側的領子，「衣服也不穿好，」林敏賢卻忽然靠了上來，原先張曉森被這突如其來的舉動給嚇到，思緒遂纏繞於轉動的扇葉。風扇來回擺動，終於吹開了心中的結，倆人在陽台篩落的光柵下擁抱，搖曳腳邊的樹影猶如受了扇葉的吹拂，來回拍打在他們影子上的褲腳。張曉森看著她說：「把外套脫了吧……」

林敏賢稚氣地說：「你幫我脫。」

於是他解開對方身上的鈕扣將裡層的拉鍊拉開，再順著肩膀的弧度脫下外套。「還是很熱，你幫我脫掉襯衫。」張曉森放下了外套，並動手解開領口。發現裡頭只剩下內衣，便停了下來。林敏賢低著頭說：「你為什麼不脫了？」見對方不為所動，她抬起頭看著張曉森的眼睛，「你愛我嗎？」

「我現在沒有心情想那些。」

「你只有在拒絕我的時候才能這麼果斷嗎？」她顯得歇斯底里。

「我不是這個意思！為什麼一定要在這個時候談那種事。」

「什麼那種事！」林敏賢一邊哭著一邊脫掉自己的衣服，「你不知道現在對我們來說是最重要的時刻嗎？」張曉森想要阻止她卻被狠狠甩開，「你根本不明白，我決定和你上山需要多麼大的勇氣！」

「我當然知道！」

「那你為什麼不敢說你愛我！」她頓時停了下來，「你為什麼就不能讓我相信自己的決定？」一陣風吹進了客廳，將林敏賢的淚水帶往自己的方向。

「我喜歡妳……但妳必須留下來等我。」

「我不要！」

憤怒的張曉森頓時抓起她的手走向臥室，關上房門竟將自己鎖進了衛浴間，任憑林敏賢在外大喊，「你快開門！到裡面做什麼？」張曉森同樣無法理解自己的舉動，心急的林敏賢只能緊靠著門邊哭喊，「我不跟你去山上了，求求你出來好嗎？」

張曉森總算開了門，卻突然粗魯地將對方推上床，開始脫去她的衣服。林敏賢原先相當害怕，並在對方手臂上咬了一口，隨即又感到愧疚，「對不起……我不是故意的，」她捧起對方的臉說，「我相信你，」隨後林敏賢主動脫去了內衣，牽起對方的手按在胸口，「我想給你我的全部……」

於是張曉森爬過她身上的花香，在背部的曲線輕撫絲綢般細滑的肌膚，汗水落入手心沾濕乾涸的慾望，他未曾想過自己也能像頭猛獸撕咬獵物的意志，直到對方完全臣服。林敏賢則任由著他拉扯身軀，逐漸迷失了自我，最終漂浮在了無思緒的天花板上。

如今吧檯的桌面上擺了兩組烈酒，楊振愷已經喝掉了一半，張曉森眼前的六份吞杯卻還沒有動過，依序盛滿了伏特加、龍舌蘭、琴酒、萊姆酒以及兩份威士忌。來店裡的酒客大多尋的是飯後小酌，有些則以酒吧作為集合點，想去夜店狂歡前先和夥伴們醞釀醉意。午夜近了，眾人老早散去。

「你這小子真不簡單，第一次就敢硬著來。」

「至少不像你花言巧語，與其嘲笑我，倒不如去反省自己踐踏過多少真心。」

「那是你不懂女人。我可不像你如此幸運，能遇到一個對感情誠實的女人。」楊振愷又開始了他的陳腔濫調，「大多數的女人都包裹著自尊的外衣，悲傷時何嘗不想盡情放縱？卻又無法打破普世價值套在雙腿的枷鎖，如此一來她們就必須引誘男人犯罪，完事後才能將過錯都推給對方，自己好繼續保有心理層面的貞潔。」

「還真是渣男會說的話呀！」

對此楊振愷不以為意，繼續乾掉最後三份烈酒，「隨便你，總之我問心無愧。」接著他拿起了對方的酒杯，「你的我們一起喝。」

張曉森感受有股熱氣從臉頰兩側包了上來，只剩鼻頭留有些許涼意，估計現在雙耳已紅得發燙。遲疑了片刻，他總算接過酒杯，「這是最後一杯了。」

「故事還沒講完就想跑！」

「你剛才都講了，勸我不要去參加婚禮……不是嗎？你今天的任務早就達成了。」

「當我免洗筷呀！」楊振愷乾了手中的酒，「你今天一定要把故事講完，不要害我晚上睡不著覺。」

「再多喝一點就睡得著了，」那顯然只是句玩笑話，張曉森在對方充滿醉意的眼神中繼續講他的故事，「後來我們上山了，印象中那是一片雲霧繚繞的荒林。」

上山之前還是風光明媚，為了規避檢查哨，倆人特地從有貨車往來的產業道路切入林中。雖然路途遙遠且泥濘難行，張曉森依舊憑藉直覺繞回了山徑，途中沒有遇上其他人，一切還算相當順利。

隨後烏雲鋪天蓋地而至，前方迎來一道厚重水霧，周遭也頓時沉寂了下來。

「陽光總有露臉的時候。」張曉森對著她說。

「我不害怕，只是額頭有點脹。別放太多心思在我身上，那會影響你的判斷，對我們都不好。」

「接下來要下到河谷了，路會變得很陡。」他面無表情地應對著對方同樣了無情緒的話，「一步一步踩著該有的節奏，時間會過得很快。」

在一段和意志拔河的路上，為了保留體力，他們都像機器人般重複該有的標準動作，講著與程式碼相同生硬的話。太陽下山之前終於走到地圖上標示的紮營點，但落石堆滿了原有的平坦處，已成了危險區塊。

「沒關係！再往前也有適合過夜的地方。」即便心中明白方圓十里再也沒有空曠處，他依然把話說得堅決。

林敏賢忽然叫道：「那邊有光！」這是她今天說出的第一句比較有生氣的話。

撥開層層迷霧，原本受水氣暈染的光源逐漸縮小成門前的一盞燃煤燈，接著木門被緩緩推開了，出來的是一位抽長菸斗的男人，他的胸前罩著當地住民的披肩，看似要取走地上的提燈。蹲下之後發現了倆人，他不疾不徐地對屋內講了一句族語，隨後便有一名婦人從身後的陰暗處露臉。

「你們迷路了？」

「我們原本想在前方的林地紮營，現在坍方了」

「前陣子下了場大雨，沒想到真的有落石。你們今晚大概沒地方可以過夜了。儲藏室還有張空床，也正好我昨天洗了床單，雖然家裡沒有自來水也沒有電，但對你們來說應該沒差。」

「謝謝妳，我們確實累得可以倒頭就睡。」

「很少見到平地的孩子也能這麼勇敢，我們在山上生活久了，早就習慣自然界的真實樣貌，每次聽到平地人提起山裡的事，都像在描述遙不可及的世界。」

雖然婦人的口吻平淡，張曉森卻隱約聽出諷刺意味，然而內心已累得不願多作爭辯。他帶著林敏賢到樹根旁除去鞋上的爛泥，再想到背包裡的蚊香，便想拿出來作為答謝。

「山裡不需要那種東西。」婦人轉身步入屋內，「那可是會引起山靈的憎恨！蚊子不會沒來由地存在此處，在其他地方也是一樣。倘若總要違背自然的意志，你們平地人又為何要想盡辦法窺探萬物的規律，還虛偽地稱讚自然的奧妙呢？」

張曉森不懂婦人為何要說出那些生硬的道理，「假如我們做了什麼給您帶來麻煩，我們也不好意思再打擾了。」語氣裡藏著抱怨，林敏賢趕緊扯動衣角想安撫他的情緒。

「是我這老太婆太久沒下山了，都忘了都市人的習慣。別太在意我剛才說的話，快進來吧！」婦人消失在門廊的同時，男人也起身揮手示意請他們入內。他手裡搖晃的提燈在門框敲出的聲響，沉甸甸的仿若夜半鐘聲招呼著旅客進屋，恰巧此刻大雨驟降。

入夜後眾人圍著圓桌吃飯，婦人吃得很少，還不到一刻鐘就收走了自己的餐盤，張曉森也不好意思再繼續細嚼慢嚥，他捧起碗一下把飯吃個精光，桌面上的醃肉都沒嘗上一口。正準備起身去清洗碗筷，收好餐具的婦人已回到了屋內，「這些東西都是特地為你們準備的，碗筷讓我來收就好了。」

林敏賢替他夾了塊醃肉，「別緊張，你再吃一點。」即便如此，張曉森仍食不下咽。

隨後男人坐到門檻燃起菸斗，一縷白煙冉冉升起，斑斑月色下滑過門板上的樹影，接著落入溪谷再順著河水漂往山下。張曉森這才發覺進門前所忽略的溪流聲。

晚餐結束前倆人的床被已經鋪好了，屋簷下的男人擱下手中的菸斗，仰望星月若有所思。婦人早先已進到臥房，張曉森心想既然對方要自己留下碗筷，就直接帶著林敏賢回儲藏室休息。儲藏室位在主臥室的對側，隔著飯桌與老夫婦的房門相望。張曉森關起門時看見男人走回了餐桌，隨後就聽見整理碗筷的聲響。

稍晚又下起了小雨，儲藏室內沒有窗子，雨滴落在屋頂產生低頻的共振，一點一滴帶起規律的節奏，這是他有生以來聽過最舒服的雨聲。溫暖的燈光從門縫瀉入，他聽見主臥房的開門聲，本以為是收拾好碗筷的男人準備回房休息，門外卻又傳來老夫婦的閒談。儘管聽不懂族語，但感覺他們正在聊一些無關緊要的瑣事。

午夜刮起陣陣山風，飄入儲藏室的菸草味終於消失了，此時張曉森發覺林敏賢還醒著，便轉身抱緊了她，「幹麼不睡覺？」

「我睡不著。」她翻動身子在黑暗中面對張曉森說，「外頭好吵。」

「那只是風聲。」他恢復正躺的姿勢，眼前逐漸浮現屋脊的輪廓。

「你很不會安慰人耶！」對方嬌氣的口吻頓時令人備感壓力，當下張曉森只想好好休息，孩童般的撒嬌聽在耳裡竟是無理取鬧。「這是我們第一次出來過夜，」林敏賢抓著他的臂膀，「你不想跟我多說一些話嗎？」

「我現在只想睡覺。」

「那你睡吧！」她嘔氣地翻過身去，給了對方沉重的一擊，後腦杓彷彿被綁上鉛塊瞬間將思緒拉入無底深淵，失重的感覺頓時令張曉森噁心想吐，更隱然喚醒夜的躁動，他突然翻開棉被壓在林敏賢身上。「你要幹麼？外面有人！」

張曉森以馴服野獸的姿態按住對方的手腕，趁她稍微冷靜了下來，就迅速脫去上衣用撕開的布料將她雙手綑綁。林敏賢則全然放棄了抵抗，任由對方百般無賴地親吻自己的身體。流動的慾望穿過倆人相合的縫隙，濕漉的身軀總算在纏綿中得到解放。最後林敏賢以模糊的聲音說道，

「能像這樣和你在一起，什麼事情我都不怕。」

夢境拉長了夜的錯覺，張曉森以為自己睡去了一生，就在和她同眠的這張床上。隨著黑暗河流漂往盡頭，意識也終究走向了終點，醒來時竟沒有一絲夢的記憶，只知道其間有段頻繁的敲門聲，但始終無人應門。

「你晚上有聽到奇怪的聲音嗎？」林敏賢側躺看著自己，她的身後是清晨的蟲鳴鳥叫，儲藏室仍舊昏暗，只是門縫下的光線不再是暖色的鎢絲燈，而是道鬱藍天光。

「我有聽見敲門聲，但不是這扇門，是外面的門。」張曉森端詳對方的臉，想一點一滴拼湊起熟悉的五官，深怕她會在一夜之間衰老。

「你這樣看我，我會害羞。」

「感覺我們已經睡了一輩子，早就不覺得尷尬。」

「噁心死了！你應該還沒睡飽吧？」林敏賢轉過身子，對方則順勢將她環抱。「好熱唷！走開啦！」那聽來像在抱怨，然而她又拉起對方的手按在腹部，「快去看他們起來了沒，我好餓唷！」

「妳的臉皮真厚！賴著別人的床，還想騙吃騙喝。」張曉森猛然翻身下床，順手扯走被子。赤裸的她大聲喊道，「被子還給我！我會害羞。」她拉回了被子，像揉麻花捲似地將自己和棉被扭在一塊。

「不管妳了，」張曉森彎下身綁鞋帶，「我出去看一下。」打開儲藏室的門，刺眼的光線瞬間布滿整道門框。林敏賢聽見他走出了屋外，昨晚進門前她有注意到一支靠在牆邊的鐵撬，此時外頭傳來金屬撞擊地面的聲音，推測是張曉森出門時不慎撞倒了鐵撬。過了許久再也沒聽到任何聲響，於是林敏賢翻開棉被走出儲藏室，正巧在客廳遇到剛回到屋內的張曉森。「他們出去了，沒留下早餐，連水都沒有。」

「這麼會這樣？」

張曉森回到儲藏室拿濾水器，並整理了輕便的裝備，「我去溪邊取水，妳先待在這裡。」林敏賢抗議道，「我要跟你一起去！」張曉森看著她說，「去河邊要走下斜坡，我去就好了。」林敏賢依然不死心，「少看不起我！」

張曉森轉身按下對方的肩膀，「不是在跟妳開玩笑……我裝完水馬上回來，」話講完便隻身走出門外，離開前又提醒道，「妳先把門關上，我怕會有小動物偷跑進來。剛才就有兩隻山貓躲在門外。」

其實林敏賢很害怕一個人待在荒林，將自己鎖在屋內更有種末世下等待死亡的淒涼，但她明白說出那些恐懼只會增加對方的負擔，並且更讓自己像個孩子。於是她開始檢查屋內各個門窗，仔細將門閂緊，再扣上每一個窗鉤。忙了一會兒，總算確認出入口都安置妥當，回到客廳居然又聽見了張曉森的聲音，「開門呀！我回來了。」隔著窗欄望去不見人影，跑遍各個窗口想尋找對方的身影，卻在原先的那扇窗外發現一團黑影。

「我回來了，快開門呀！」

不敢相信自己的眼睛，林敏賢發現十公尺外站了一頭兩米高的黑熊，張開血盆大口，腳掌遮著嘴邊好似在說話。她自然明白動物不可能會說話，立刻壓低身子深怕被發現。眼前所見只有一種可能——或許張曉森一出門就遇上了黑熊，於是躲在屋外求救。但不管怎麼想，那一句句的吶喊都不太可能是他的聲音，如此肆無忌憚地大叫難道不怕被黑熊發現嗎？

「快點開門呀！」

每聽到一次呼喊，她就感到另一次的心碎，自己是否應該趕緊開門讓對方進來呢？但黑熊就在門口等著呀！於是她再度繞過窗口去找尋聲音的來源，但那怎麼聽都像是劣質喇叭播放的音效缺乏立體感。終究林敏賢確定了那就是黑熊的聲音，當下臉色猶如白化的珊瑚，淚水竟悄悄滴落臉龐。

曉森到底去哪了？我好擔心他，為什麼要丟下我面對這種事情呢？就在此時她聽見黑熊前腳落地的巨響，接著又是步步逼近的聲音。她趕緊躲入儲藏室，正要將房門帶上，發現客廳正對著大門的壁面出現黑熊的影子，那團輪廓在窗欄的光影中搖晃，想必牠是趴在窗框上窺探室內的動靜。因此她放開了門把不敢挪動身子，卻又再度聽見張曉森的吶喊清晰地由窗口傳來，「快點開門呀！黑熊要把我吃掉了！」她真的好想哭，努力抑制情緒，告訴自己那不是張曉森的聲音，而是精怪的陷阱！

過了一會兒外頭傳來騷動，黑熊好似離開了窗口。她趕緊跑出客廳，擔心是張曉森回來了。探頭一看發現黑熊正追趕著山貓，即便山貓的行動矯捷，繞了一圈還是被黑熊給捉住了，此時另一隻山貓從草叢竄出想救同伴，最終照樣葬送在黑熊口中。

看著兩隻內臟外翻的小生命躺在黑熊腳底，她忍不住輕聲啜泣。就此黑熊不再吶喊了，牠環顧四周後，便轉身消失在樹叢中。

隨後屋外下起了大雨，林敏賢在雨聲的掩護下放聲哭泣，忽然又聽見了敲門聲。她激動大叫，「走開！不要靠近我！」

「是我！我是張曉森。」當下非常確定那不是黑熊的聲音，她趕緊拉起門閂。結果對方一個踉蹌跌進屋內，她立刻再將門閂上，轉頭髮現張曉森渾身濕透，抱著腿表情相當痛苦。

「你怎麼了！哪裡受傷？不要嚇我！」

張曉森拉起她的手勉強挺直腰桿，「我沒事，只是扭到腳而已。但我們必須離開這裡。」

「為什麼？是因為那頭黑熊嗎？如果是這樣我們更不應該現在離開，牠才剛走不久，現在出去很可能會被發現。」

「什麼黑熊？妳在屋外看到的嗎？」

「你走沒多久牠就來了，還用你的聲音想引誘我開門！喊了十幾分鐘才肯離開，最後還咬死了兩隻山貓！」講到這她又開始啜泣了。

「但我已經去了一個上午，妳看太陽都昇到頭頂了。」張曉森捧起她的臉，「對不起，我不應該自己去溪邊裝水。」他看似對於黑熊說話的事情不感到訝異，也許認為對方只是由於過度驚嚇才會產生幻覺。

「那怎麼可能！」

「我沒有騙妳，妳看這是什麼，」他搖了搖手中的水瓶，「才十幾分鐘的時間，我怎麼可能到得了溪邊。」於是張曉森告訴她自己在溪邊發生的事情，以及現在必須離開的原因。

昨晚明明很清楚地聽見小屋後方有溪流聲，出了門穿過近半里的樹林卻遲遲不見溪谷，正當懷疑水流是否只是遠方山壁傳來的回音，赫然發現腳下有數團冷清草，猶如階梯一路蔓延到下方的山溝。那是溪谷間常見的植被，於是張曉森欣喜若狂地走下斜坡，卻不慎滾落山豁。他就是在那個當下扭傷了腳踝，所幸最後被藤蔓纏住了，才沒有受到更嚴重的傷。

觸及地表的山嵐遮掩了前方的視線，隨後有陣風捲起水霧迎面襲來，飽和的溼氣打在身上有種在人群中逆行的感受。待迷霧徹底消散，這才明白密林下方有片平坦河床，僅存涓涓細水流過乳白石堆。

正要起身走近渴望已久的水源，驚覺肩膀上空無一物，轉頭髮現背包就掛在身後的枝頭搖搖欲墜。那棵樹再過去約五米處有支不明顯的告示牌，張曉森小心翼翼地靠近，驀然看見上頭畫有輻射區域的警戒符號，一旁寫著：「注意！高放射性廢棄物管制區。」

五

起初倆人決定先和老夫婦道別後再啟程，但一直待到了日暮，仍不見人影。林敏賢臉上的驚恐始終揮之不去，下午張曉森先讓她回儲藏室休息，自己則在後院挖了個坑將山貓的屍首給埋了，仔細一看才曉得那其實是對麝香貓，恰巧一隻是公的，一隻是母的，不免令人聯想妖精幻化成人類的怪談。

假使老夫婦真是狸貓所變，林敏賢口中的那頭會說話的黑熊便不再叫人難以置信，但若這項假設成立，那麼將恩人拒之門外，害牠們慘死黑熊掌下的愧疚便將難以釋懷，於是張曉森立刻打消了這個念頭，避免引起對方產生相同的思路。

往後三日陰雨綿綿，雖不至影響原有的行程，倆人卻是足不出戶。林敏賢生病了，她在夜裡不斷地咳嗽，根本無法好好睡覺，之後甚至開始發高燒，半夢半醒間還嘀咕起是自己害死了老夫婦。

背包裡只剩下乾糧，缺少病人所需的營養，張曉森本想出門摘些水果竟被她拉著袖子不放，堅持要自己待在身旁。張曉森為她擦汗的手隱隱顫抖，對方則握起自己的手說，「這不是你的錯，反倒是我拖累了你。但是你不要離開我好嗎？我現在需要你陪在身邊。」

張曉森相當難過卻哭不出來，皺緊眉心想將痛苦擠出腦門，「放心，我絕對不會再離開妳了。」

林敏賢蒼白的臉色毫無生氣，說話時不帶有一絲情緒，「其實你現在應該丟下我去找你爸媽，那才是你原本該作的事。是我太自私了……」

「別說話了，妳快點休息。」

「是我害死了老夫婦，是我將牠們鎖在門外。就算要我償命也沒關係，我只是不想要這樣一個人死去，那聽起來很可怕。求你留在這陪我，直到我看不見任何東西……」

「等妳老了，走不動了，再來講這種話。」

「但是我現在已經走不動了……要是我能早點離開，或許你還有機會找到他們。」

「這只是暫時的，不要想太多。」張曉森解開她的鈕扣，擰乾毛巾擦拭她胸前的汗水，按在平緩起伏的胸口，他感受到一股微弱的火苗即將燃盡，遂想趕緊再說點什麼，「每次去夜市買完飲料，回公車站的路上不都會經過一家牛排館嗎？」

對方疲倦地闔上雙眼，「你說的是那家看起來很貴的店嗎？」

「對呀！門口還有戴廚師帽的小熊。」

「那隻熊好可愛唷……雖然是塑膠作的，但感覺毛絨絨的。為什麼要突然講這個？」

「我好想牽妳的手走進那家餐廳。」

「你還沒有賺錢，不要亂花錢。」

「那妳一定要等我！等我們有辦法一起在水晶吊燈下吃飯。」

「好……」這聲簡短的回答令張曉森心頭髮寒，他明白對方再也沒有力氣跟著自己的思緒飄向每一次約會的傍晚，以及每一夜並肩走過的小巷。

林敏賢的手心握著高燒不退的汗水，不用太多力氣便能輕易扳開。握起她的手，張曉森羞澀的溫度不減。從未想過能和這個人走得多遠，也不了解對方如何看重自己，老是不暇所思想去哪兒就去哪，不曾安排驚喜，也沒給過感人的承諾，有時根本不覺得生命中缺少她會變得怎樣，只是抓著開心的尾巴漫無目的地閒晃，沉溺於隨遇而安的感受，又怎料到如今她可能就要離開了。在遠離塵囂的森林中，一切竟變得如此現實。

看著即將在眼前消失的林敏賢，張曉森覺得自己必要有所作為。不能在同個地方待太久，會被凝結成沒有溫度的琥珀！更不能讓對方如此輕描淡寫退出自己的生活。他抱起幾乎沒了氣息的林敏賢走出門外，幽暗的樹林引誘自己走向更深處的迷霧，穿越摸不著重量的水氣，期待撥開層層白紗之後就能夠看見不一樣的風景，而不再是病榻前的陰雨綿綿。

不曉得在潮濕的泥地走了多遠，水氣滲入鞋底在腳板留下刺骨印記。張曉森忘卻了寒冷，也忘記臂膀的痠疼，循著無盡的迷霧渴求某種解答，卻又害怕謎底下隱含的悲慘真相。要是有得選擇，他倒寧可繼續維持現狀不停地走下去，直到衰老。反正愈發黏稠的水霧終究也會奪走他的意識，最後什麼也不留下。

穿越介質面的瞬間，他感覺自己踩了空落入深淵，回過神發現身處在密林中一片寸草不生的荒地，彷彿飛碟降落的遺跡與周遭植被形成強烈對比。荒地中央沒有水霧，卻也沒有足以帶走水霧的上升氣流，水霧彷彿具有生命力般規避這片乾燥的土壤，就像神聖而不可侵犯的祭壇，暫時讓張曉森看清楚自己的疲憊。

「放我下來吧。」如微風般虛弱的聲音輕拂過耳，林敏賢始終闔著雙眼，嘴唇沒有明顯移動，張曉森幾乎無法說服自己那是從她口中發出的聲音，「到這裡就可以了。放我下來吧，這裡就是最後的地方……」不敢輕易回答她，張曉森仍不為所動，既然她還能講話，也許事情還沒到那種地步，「放我下來吧。曉森，我不能再陪你了，謝謝你帶我來這。原本你不必接受這些，但你又是那樣善良、好欺負，以前是我調皮不懂事，我很抱歉……」或許是想安慰自己，更害怕那是彌留前的胡言亂語。張曉森覺得她好可憐，像隻早產的小貓奄奄一息地躺在懷中。擔心錯過對方講的每一個字，張曉森始終沒有答覆，只是輕撫著她的臉頰。「你看得見那尾鯨魚，那就是我。現在我就要作回自己了，以前經歷過所有與我有關的事都必須忘記，這樣我才能放心地走。」無論她講了什麼，對張曉森而言都猶如空氣中的棉絮那般輕盈，但願這些聲音永遠不要消失。

當迷霧散盡，周邊樹林飄來陣陣棉絮，地面逐漸浮現木棉的火紅花瓣，原先沉積於山谷的溼氣頓時一掃而空。有幾隻小動物躲在樹林下的低矮灌木，張曉森聽過有些吃腐肉的動物會守著將死之人，待其斷氣後再去吃對方的屍體。於是他撿起腳邊的石塊丟向草叢，小動物卻始終不願離去，彷彿確信林敏賢不久後將要死去。

張曉森抱著她痛哭，「妳不要死呀！我已經沒有辦法了……留我一個人在這就像殺了我一樣。妳說話呀！」

「你傻了嗎？我早就離開了。要是真放不下我，我可以成全你。」那聲音說道。

假使張曉森聽見的是亡靈的聲音，那句成全或許可以永久性地帶走這份傷痛，以及他在這世上的全部，但若因此放棄原先的計畫，拋下受困於山中的父母並用毀滅自己的方式去逃避心靈的脆弱，也該要墮入無間地獄飽受輪迴之苦。然而他完全不在乎了，寧願就此死去，「好！求求妳成全我。」

霎時強風由四面八方席捲而來，將棉絮帶往天際，張曉森依舊抱著林敏賢保持原先的姿勢，護著她的頭避免被飛沙走石給擊傷。忽然感覺有物體從身後快速靠近，轉身的那刻，林敏賢像被某種東西擊中似的脫開了臂膀，再回頭看，發現她就倒臥在不遠處，周遭瞬間安靜了下來。

張曉森著急地撲上前去，「妳沒事吧！」扶起那傀儡般的身軀，他顯得相當激動，急忙檢查對方有沒有受傷，「妳說話呀！快對我說話！」

隨後霧氣又瀰漫在林間，當下已不見地上的紅色花瓣，淌出樹林的白霧像觸手般伸了過來，他抱緊林敏賢的餘溫不讓寒氣帶走最後一絲希望，「拜託妳再說點話！」儘管哀求只會帶來更多沉默，但僅能如此才避免自己喪失心智，「妳快說話呀！」濃稠的水霧逼得他窒息，每一次呼吸都像溺水般難受。當他明白這可能就是所謂的成全，頓時也露出了滿足的笑容，「謝謝妳……」

倒下的那刻，他看見空中有一尾半透明的青色巨鯨，時而化作浮雲，時而順風盤旋。明明是白天，鯨魚的身後卻有著美麗的星空，彷彿暗示祂即將飛向北冥。物換星移下天色全變了樣。

黑是距離的一種表現形式，人之所以看得見天空是因為它就在眼前。宇宙之大，誠如內心深處無邊的意識，閉起眼睛，便有萬丈燭火在腦海燃燒，仍然無法照亮四下的漆黑。鯨魚盤繞著星斗，乘著天河在祂的思想裡飛行。只要閉上雙眼、放下一切，北冥就在一蹴可幾的地方，在那兒連一顆星星也沒有。本來無一物，何處惹塵埃？到最後連鯨魚也不見了。

醒來時新月橫掛在半個夜幕上，另一半的天空依舊留存夕陽餘暉。張曉森試圖找回飄散在空氣中的感知，恍惚間發現林敏賢竟躺在荒地與樹林的邊界。他撐起右半邊的身體去感受自己的重量，待血液順著地心引力流往指尖，總算有辦法勉強起身。最後張曉森一路踉蹌地來到她身旁，奇蹟似地發現對方的胸口正平穩地起伏著，過沒多久她就醒了。

張曉森抱緊林敏賢，彷彿終於打開了遺失鑰匙的門鎖。一股淡淡香氣自她的胸口噴出，恰似回春時的暖意，然而她卻還沒睡醒似的，雙眼無神，身體柔軟地猶如抽去骨骼的皮囊。就在此刻樹林後方傳來陣陣騷動，本以為又是剛才那些等待著屍首的小動物，但走出樹林的，卻是消失近一個月且渾身溼透的爸媽。白忙了一場，他們總算得救了。

六

張曉森和楊振愷一同走過大樓林立的街頭，稍早故事沒講完酒吧就打烊了，此時他們正穿過熱鬧的徒步區準備前往下一間酒吧。

「今晚要沒把故事講完，我是不會放你回去。」

「難得遇到有人這麼喜歡聽朋友倒垃圾。」

「我覺得你可以改行當小說家了！根本不用去什麼外商公司。」楊振愷抬起頭望著光害中的天空，「那些迷霧、鯨魚……還有會說話的熊，我可是連作夢也夢不到。既然你堅持都是自己親身經歷，這麼厲害的際遇不寫下來讓更多人知道，還真是辜負登山神童的美名。」張曉森頓時停下腳步。楊振愷本以為是自己的玩笑惹得對方不高興，「這樣就生氣了？」

「你誤會了，」張曉森看著右手邊的咖啡廳，懷念的神情不言而喻，「這裡以前是登山用品的專賣店，也是這次我和她碰面的地方。」

「你指的是她當初買外套的那家店？」

「沒錯。專賣店倒閉後才開了這家咖啡廳，後來我經常和她來這，她卻好像不記得了。」

「我有點聽不太懂。」

「那件事情之後我們曾有過一段平淡的日子。開幕當天我特地帶她來喝茶，但她似乎沒有察覺這裡就是當初買外套的地方。」

「很合理吧！這條街上的店看起來都差不多，店家換來換去，一般人又不會特別去記地址。」

「但我永遠不會忘記……」

「算了吧！人家都要結婚了。」

隨後他們去超商買了茶葉蛋墊肚子，落地窗外的台北彷彿換了另一批群眾演員，金融大廈的街區上已不見西裝筆挺的銀行員，男人腳底踩的商務皮鞋變成了有著浮誇雕花的德比鞋，女孩也換上了藏不住線條的窄裙。

「你穿這樣去夜店其實還滿顯眼的，」楊振愷將寶特瓶擠入塞滿的垃圾桶，「反正今天的目的又不是來把妹，是要交代那場未完情緣。」

「交代什麼呀！這本來跟你沒有關係的……好嗎？」

「廢話不多說，我們快上去吧！上頭的風景可好了。」

穿過一樓的排隊人潮，他們搭上直達頂樓的電梯接續那段尚未酒醒的話題。在酒保的帶領下，倆人再度由伏特加、龍舌蘭，一路來到兩份威士忌，這次他們一人一杯在巨大的落地窗前一飲而盡。天台上有不少穿著高雅的男女，但對他們而言還不到吹風的時刻，決定先在吧檯敘談。

楊振愷率先開了話題，「早先提過自己也曾經熱愛登山運動，像你那樣的山林奇遇我沒機會見到，但弔詭的事情也算遇上一回。有次我在郊區健行不幸和同伴走散了，芒草叢生的原野覆蓋很濃的霧氣，在前後不著人煙的山徑上我意外遇見一位老先生，看起來像當地人，會這麼講是因為他身上只穿了單薄的汗衫，若非住在附近，恰巧外出散步，他那孱弱的身軀不可能受得了長時間的風寒。當時他好心為我指引方向，是條猶如野獸走過的小徑，他說只要頭也不回地朝那兒走，不出半個小時就能回到半山腰的停車場。接著我來到一片荒塚，根據他的說法，在那之後會有一段鋪上枕木的棧道，兩旁供奉著地藏王菩薩的神像。奇怪的是，當我經過棧道時發現，他所謂的神像竟是一些不尋常的人物，比方說豬八戒、孫悟空等西遊記裡的腳色，有些則類似千里眼和順風耳的形體，總之詭異至極。雖然有些不安，但我還是硬著頭皮走完全程，最後總算找到了停車場。」

「聽起來很精彩，沒想到你在山裡也可以保持鎮定。」

「請不要用老師的口氣評論我，看你現在就像病人一樣……搞不好意外受困山中還需要我去救你呢！」

「別這樣，我只是單純覺得你很厲害而已。」

楊振愷停下手中把玩的打火機，輕敲桌面說道，「所以那次也算是完美的結局吧……找到你爸媽，她也熬過了高燒。」

「其實不如你想得美好，下山後的那場大病還是足足讓她在醫院躺了一個月。記得最初去探病，我被她父母唸得一無是處，回想起來也算自己活該，好好一個女孩被我帶到山上，結果弄得半死不活地回來，任誰也無法接受。」張曉森尤其忘不了在病床上冷眼旁觀的林敏賢，當下還奢望對方能替自己說句話，然而劫難後的她彷彿就只是一具空殼。

「再怎麼說也是她自己硬要跟去，關於這點……你難道沒有多少為自己辯駁嗎？」

「我甚至認為被污辱可以減輕一點罪過。」

「你還真是善良過頭的人。」楊振愷看著灰茫茫的天空，「現在明明沒有雲……連一片也沒有，卻看不見星星。」

「但是有太多霓虹燈……光害，還有不睡覺的人們。」

「難得的週末夜呀……哪裡睡得著。」他闔上打火機的金屬蓋，「你們這麼年輕就認識了，雖稱不上青梅竹馬，也算是一起走過人生中最青澀的時光，甚至經歷了那場生離死別。依照你剛才所述，最後肯定也是背著家長一路交往直到出了社會，現在卻被對方要求去參加她的婚禮，怎麼看都像個悲慘的故事。」

「聽你這麼講還真的滿悲慘的……但我之前也提過，我們最後愈走愈淡，幾乎是順其自然地退出各自的生活，回想起來倒也沒有什麼遺憾。」

「假使你們之間有任何疙瘩，無論是否考慮重修舊好，都應該找個時間談清楚。有些對不起的話，時間過了就沒機會再說了……感情淡了，就連道歉也會變得沒份量。」

「若覺得有所虧欠，至少代表還在乎對方，但我們就連最基本的埋怨也沒有。」

「要不是刻意表現冷淡，或者彼此賭氣，怎麼可能走到這種地步？」

望著吧檯前的霓虹，他默默地將對方的問句拋到腦後。店裡撥放起屬於那些年的流行歌曲，儘管是電音重製的版本，熟悉的旋律仍舊扯動著髮根下習慣失眠的夜晚，總在安靜時刻飄向那棵垂落氣根的榕樹下，那是大學時倆人經常相約的地方。

他站在微風中體驗千萬縷氣根留在臉頰的感受，彷彿在和榕樹搶奪水分，呼吸著土壤蘊含的養分。此時身後出現了女生的聲音，「你是不是覺得這樣很好玩？」

張曉森回答她，「沒有呀……」臉上洋溢幸福的笑容。

女生也笑了，「你真幼稚。」她是帶有成熟韻味的林敏賢，秀麗長髮猶如黑潮裡的浪水，也像用手劃開又會再度癒合的糖衣。

張曉森從大學開始迷上了這棵樹，那是倆人重逢的地方。登山意外之後林敏賢就轉學了，有很長一段時間都沒機會再見到她，除了雙方家長的反對，女方的態度似乎也顯得冷淡。偶爾用通訊軟體交談時，張曉森一度懷疑對方是否由於遭逢變故而喪失某些生活能力，尤其打字速度變得異常地慢，數則訊息傳了出去，往往要等上半個鐘頭才能得到回覆。夜裡經常發出一段話，都要在入睡前的那一刻才又被手機震動驚醒，他也總是欣喜若狂地趕緊點開螢幕，無論收到多麼敷衍的留言，都像處在早晚仍有一場雨的沙漠，始終保有一絲契機。

最早他自然認為那是對方不願回應，或者是缺乏興趣的一種表現，但經過了鍥而不捨的主動示好，他終於明白林敏賢幾乎是以一種學習的心態去理解自己的話語，這更讓張曉森懷疑她在那件事情之後似乎有輕微失憶。經過了一整年的努力，也許是在他的引導下，林敏賢逐漸能像過去一樣和自己談心。時光飛逝，在濃縮回憶的青春裡，每天總感受到周遭世界都有著巨大變化，平靜的歲月間確實發生了一場撼動全島的大地震，天搖地動後的深夜張曉森騎著單車到她家樓下，撥了電話想叫對方出來，要見她一面才肯放心。然而當時林敏賢睡得很沉，直到清晨才發現那數十通的未接來電，讓張曉森受了一夜煎熬。

往後儘管聊天話題與過去有所不同，但再次建立的熟悉感又給了張曉森重生的希望。接著入學測驗快到了，於是倆人談定先不見面，一切都等到考試結束再說。最後他們如願進了同一所大學，張曉森放棄了第一志願的物理系，選擇到和她同校的電機系就讀，一半的原因也是由於工程系所的出路較廣，比起自己的興趣，他更在意畢業後的前景，畢竟心中早有了和林敏賢共組家庭的期待。

開學當天張曉森躲過了迎新活動的人潮，才點完名就興奮地跑去榕樹下赴約，渴望能再見到她的身影。

「你等很久了嗎？剛剛被起鬨擔任班級代表才會延誤時間。」語末那句過分正確的描述差點令她的面容失焦，張曉森忽略了對方氣質上的變化，彷彿這份成熟只是演員在舞台上的衣裝，

「幹麼不講話？我跟以前差很多嗎？」

「剛才還以為妳是在社辦門口招生的漂亮學姊。」

「好油腔滑調唷！你真的是張曉森嗎？」她看似相當滿意這些年留在對方身上的淬鍊。張曉森之所以不像過去那般無趣，全都是為了討好早先冷淡的自己，還因此做過不少功課，甚至讀了幾本兩性相關的書籍才總算脫去以往令人疲乏的木訥。

張曉森看著她說：「我們去以前的地方走走，好嗎？」

「好唷！想去哪裡都可以。」

手機螢幕上看不見的那個人如今卻像親人似的回到身邊，猶如在陌生校園裡抓住了汪洋中的引繩令人備感欣慰。下學期他們瞞著家長在外同居，雖然覺得住哪裡並不重要，張曉森卻相當滿

意這棟連窗戶都沒有的老舊公寓，治安差的刻板印象並未削減他對新生活的熱情，反倒是那些隨遇而安的鄰居不同於校園中勾心鬥角的知識份子，才能讓他們更盡情擁抱當下的時光。當時，未來不在倆人的計畫之中，既然已死過了一次，何不珍惜這難得的日子。

兩條街外的小夜市是倆人經常一起吃宵夜的地方，途中會經過一家陳列彈珠台的遊藝場。地方報紙老刊登這家店的負面新聞，但張曉森可從未見過有人在裡頭打架鬧事，每回路過總會刻意放慢腳步去觀察那些昏暗螢光下沒有表情的賭徒，似乎還能透視沉溺於浮華面板前的愉悅。

「要不要去吃點東西？」趴在床上的林敏賢一雙腳丫子在空中不斷飛舞，日光燈下的折疊桌上放著倆人共用的筆電。如今張曉森正坐在床緣做簡報，由於太過專注而忽略了對方的提議。

「你不理我了？」

他的雙眼始終盯著螢幕，「妳剛才說什麼？」

「我說，」林敏賢坐起身子認真地說：「我們去吃宵夜好嗎？」

「很晚了，現在出去不安全。」

「真的耶！都已經快十一點了……」她湊到電腦前說，「都忘了你已經有兩個小時沒理我了。」

「妳不是在玩手機嗎？」

「還不是因為你都不陪我聊天！」

「我下週要交作業呀！」他將滑鼠指標移往存檔的按鈕，吐了口氣才勉強闔上螢幕，「要吃什麼？我去買。」

「不要！為什麼只有你能出去？」她調皮地說：「我卻要在家守著這座冷宮呢？」

「別鬧了！」張曉森一個箭步走向衣架順手取下外套，接著走到門邊，「妳想吃什麼？」

「我想要出去！我都沒有這麼晚去小夜市。」

「我覺得妳還是不要去比較好，去小夜市會經過那家鋼珠店。」

「都在這裡住半年了，外頭其實也沒有那麼危險，之前我不也是一個人半夜下樓買東西，對面的操場還有人在跑步呢！」

「我當然知道！但有些事情只是機率問題而已……」

「不會那麼倒楣啦！壞人通常只會找壞人的麻煩。」見她如此堅持，張曉森索性放棄自己脆弱的論點。待林敏賢換好了衣服，倆人便一同走出樓梯間外的夜幕。

彈珠台上的金屬邊框泛著遊藝場內的螢光，路過時裡頭空無一人。那些面不改色的賭徒呢？張曉森自認為有著與他們偶然四目相交的默契，如今卻對於賭客的去向一無所知。安靜的週末夜裡一切不比尋常，就連小夜市都提早打烊了，所幸林敏賢最喜歡的那家麵攤還開著。

「真幸運！居然有開。」即便沒掛上往常的小燈籠，老夫婦依舊面無表情地在炊煙中燙麵，月色下猶如鬼魅。「今天好特別唷！」

「比平時還安靜。」

林敏賢抬頭望著天空，「彷彿回到了山裡，等會兒我們去看夜景好不好？」

「今天怎麼都這麼突然？」

「我也不知道。或許太多的巧合讓我想起了一些事，總覺得沒有依照暗示繼續走下去，晚上會睡不著覺。」

「如果只是睡不著覺，我想倒也還好。與其在外頭吹風，我倒寧可陪妳在家，直到太陽升起。」儘管如此，張曉森最後還是如她所願地一同去郊外的山丘看夜景。

星空降臨在泛著橙色光芒的都市，張曉森已經很久沒見到那麼多星星。當初為了找尋失蹤的父母而動用國家資源，他遂被告誡不得再從事危險的登山活動，有好長一段時間他都將山岳視為禁地，就連丘陵地也不願踏入半步，害怕觸動腦海中林敏賢的瀕死經歷。

她對著星空說：「你害怕嗎？」

「害怕什麼？」山風頻頻吹過，他伸出右手抱林敏賢。

「如果有一天我因為某些原因不得不離開你。你會怎麼樣？」

「如果是不得不離開，而不是惡意拋棄，或許我能接受唷！」

林敏賢開心地湊到懷裡，「很高興你會這樣說。」

「我是開玩笑的！沒想到妳這麼無情。」

林敏賢靠在他的肩上，「我了解……別想太多。」

「等開始賺錢了……我們就結婚。」

「那也是很久以後的事呀！」

「其實我很懷念誠德女中的日子，那時候真的很開心。但人總要向前看，未來還有很多事情要作。」

「以前真的有那麼好嗎？為什麼現在不能像以前一樣呢？」

「因為妳也已經和以前不同了。」抱緊她，張曉森意識到對方體內的鯨魚已不復存在，取而代之的是一股自然的體香。在那件事情之後他偶然讀到莊子的逍遙遊，也經常擔心林敏賢是否真有如書中提到的千里巨鯨，能化作鵬鳥飛往南冥。南冥和北冥到底在什麼地方？至今他尚未理解文中奧妙，或許那是星河流入地平線的終點。再想到那些拋下塵世羽化成仙的故事，不免擔心起倆人之間的感情在宇宙中有多麼微不足道，彈指之間便可灰飛煙滅。

即便多年後同楊振愷坐在吧檯喝酒，回憶起來心臟依舊撲通撲通地跳著。

「聽起來那些年你們過得還不錯，是人生中難得無憂無慮的小時光。」

「是很令人懷念呀！每次回想起來都像開啟一段無法倒帶的影片，總要撥到某個段落才肯關掉，讓腦袋稍微冷卻一下。」

楊振愷取走兩罐啤酒，「出去抽根菸吧！」接著他走過落地窗前的座席，打開灌入寒風的門，強勁的氣流直直吹過張曉森的臉頰。

「外面很冷。」

楊振愷在門縫間側身說道，「冷才過癮，快點出來吧！」

都會區的光暈輻照在雲層，為天空染上漸層色彩，有些地方映著淡淡的紫色，有些地方則特別紅潤，就像是溫熱的棉花糖。楊振愷躬身倚在鐵欄杆上，一手擋著風在夜空下點燃火苗，打火機的火焰順著煙絲的方向傾倒。

「既然你們當初複合得還不錯，最後又是怎麼分開的呢？」

「就這點我也不好解釋，只能說每次想起那段日子，偶爾都會停在某個時間點上打轉，雖然不覺得那就是我和她的終點，卻總帶著象徵性的暗示。」

「不要再繞圈子了，想說什麼就直接說吧！這又不是審判。就算你講錯了，或者是我理解錯了，都沒有改變現狀的可能。」

隨後張曉森所描述的畫面依稀顯像在楊振愷的腦海，那是陽光篩過百葉窗的午後，就在倆人合租的第二間公寓。

當時倆人已屆滿畢業，張曉森收到了兵單，林敏賢也正準備接受人生中第一份錄取通知，她決定去中部的科學園區工作。電扇吹落額頭的汗水，面對這看似短暫的別離，他們沒有太多怨言。雅房的小陽台朝向河堤，傍晚總有烏鶖停在堤外的枝頭，叫聲淒厲，抽動張曉森的敏感神經，直到入夜他才能靜下心來道出自己的不安。

「我等一下要先回家準備入伍的東西，退租的事情就麻煩妳了……」

「你應該早點走的，這樣子沒辦法好好休息。」

「妳什麼時候離開？」

「應該是下禮拜一吧！公司安排的宿舍要等到下週才能入住。」

「妳不先搬回家嗎？一個人住在這會很無聊，外面還有那隻些煩人的鳥。」

「我才不想那樣搬來搬去，」林敏賢轉頭看著他，「而且我已經習慣住在這兒了，這裡才是我的家，想再多留幾天。」見她不捨的神情，一陣無奈遂拖著張曉森的思緒向下墜落。盛夏終有結尾，以後的日子還不知道會變得怎麼樣。林敏賢安慰他說，「時間會過得很快，等你退伍之後找到了台北的工作，我再考慮搬回來和你一起住，現在只是過去培訓而已。」

從那天起，張曉森覺得自己做了一段很長的夢，黃昏中電風扇來回吹起床單上的漣漪，像海灘前湧湧不絕的浪花侵蝕著腦袋，也因為如此他未能輕易察覺那是場至今都沒有清醒的夢。

往後的日子果真如梭飛逝，她的那句考慮卻永遠懸宕在盼望的邊緣。退伍之後張曉森順利地找到了台北的工作，也獨自在外租了房子。雖然林敏賢休假時經常過來找他，也總不忘在離開前輕聲留下一句：「我會再找時間過來。」卻怎麼也等不到她決定住下來的那天。最後也忘了她到底是在哪天夜裡講了下次會再過來，卻不經意地食言了。

啤酒喝完了，楊振愷拿起打火機準備點下一支菸，「分手有時就像感冒，起初有任何症狀大多選擇不去理會，總要等到發燒了才明白已經回不了頭，隨後渡過那些昏昏沉沉的日子，又會在某個時間點察覺身體已逐漸康復。」

張曉森冷冷地說，「這真的不是一個適當的比喻……」

對方忽略了他的評語，不願為自己的謬論辯駁，「所以是因為不再同居，最後才會分開嗎？」

「或許不是那個原因。後來大概有兩三年的時間我們還經常碰面。」

「那又是為什麼呢？」

「總之我還是認為自己的問題比較大。上班太忙了，根本沒時間認真和她說話。」

「真正的感情多半是屁話居多，哪裡需要多認真的對談。你可能覺得感情走到最後總會不經意拋下熱戀時的激情，但到頭來……我指的是分手之後，都會發現值得回味的多半是那些平淡的日子。只能說你沒放太多心思在她身上，成天只想著升遷轉職，才會把身體搞壞，以至於腦袋愈來愈糊塗。」

「你這個論點還算不錯。」

深夜裡的路燈點綴著空蕩的街道，由上方俯瞰，若偶然發現了一輛車，便會尋著它的軌跡一直到看不見的地方。天台上瀰漫著眾人吐出的煙霧，張曉森只有繼續趴在欄杆上才吸得更多新鮮空氣。他將手中退冰的啤酒喝完，發現指間還夾著對方遞來的菸。楊振愷問他：「你不想抽嗎？」

「不抽了……我們進去吧！」

才一轉身，整座城市彷彿失速的引擎停止運轉，放眼望去，大片街燈猶如退潮般逐漸熄滅，山與城的界限消失了，雲層的陰影也消失了，剩下從棉花中洩漏的月色還留在天頂。深夜絕非用電的尖峰時刻，猜想是電廠的設備跳停了，才會影響到備轉容量，在這個時間點跳電，許多早已進入夢鄉的人也只能在隔天清晨看新聞時才驚呼道：「原來昨晚有停電呀！」儘管看似無關緊要，然而某些風險較高的電器若在無人看管的情況下復電，搞不好會釀成不小的災難。

「停電了！」天台上興起一股騷動，原先待在酒吧內的人紛紛走了出來，「怎麼會全部跳電了呢？」

囂鬧的人群中只有張曉森全神貫注地望著遠方，楊振愷疑惑他到底看了什麼看得出神，於是問道：「你在看什麼東西？」

「你看天上。」

以往光害下籠罩於蒼穹的迷霧已全然消散，大片星空浮現眼前，猶如璀璨寶石閃爍著整座天幕。「好漂亮呀！」由於楊振愷的一句驚呼，眾人全抬起頭來讚嘆這片奇景。接著有好長一段時間大夥兒皆沉默不語，都沉浸在這片眾神遺留的華麗足跡。

此時一尾青色巨鯨浮現在只屬於張曉森的天空，眨眼間卻又消失在地平線外的混沌黑水，什麼也沒留下……

復電的那刻，張曉森在夾雜抱怨與解脫的囂囂紛紜中脫口而出，「我後天要跟她去爬山，就在婚禮之前。這是最後一次了……」

楊振愷驚訝道：「搞了這麼久……原來你都刻意忽略了重點！」

「這是我確定會去做的事，所以不需要和你討論。」

「狗屁！這才是最重要的事情呀！原來你找我訴苦了這麼久，全都是為了讓自己下定決心！我真是敗給你了……」他搖了搖頭，認為所有苦心全都白費。

張曉森順手取走對方的空罐，逕自走回那樂曲節奏漸強的酒吧。酒保相當歡迎復電後首位回到吧檯的客人，於是請了他一份龍舌蘭調酒，見楊振愷接踵而來，便轉身取下架上的圓口杯，鋪上少許碎冰，再往裡頭注入蘊含杜松子香氣的琴酒。楊振愷向酒保道謝，隨即轉身對張曉森說，「參加婚禮是一種祝福。但在婚禮前帶新娘到荒郊野外，那絕對是攪局……」

「是她堅持要去！我當下也婉拒了。」

「結果呢？結果你最後還是決定要去了……不是嗎？你到現在依然在意她的感受，所以不敢拒絕，就這點你就更不應該答應她。假如只是隨興出遊，沒有那些情緒上的糾結，或許還說得過去。我知道這是矛盾的問題，但你改變心意的當下，意圖就變得複雜了，原先的邀約也顯得沒那麼單純。正由於你是在乎她才不願拒絕，你能理解不願拒絕的意思嗎？」

「你的意思是說……假使我一開始就答應了，聽起來會比較正當嗎？」

「是這個意思沒錯，但也不全然如此。」

「你到底在講什麼呀！」

楊振愷嘆了一口氣說，「我不否認男女之間的事……時常有理說不清。」他明白自己再也無法勸對方回心轉意，於是舉起圓口杯在對方的杯緣輕敲了一下，「你很久沒爬山了，請務必小心謹慎。才剛錄取外商公司，不要無福消受呀！那可是許多人忙了一輩子都得不到的東西。」他的瞳仁平視著托在眼前的酒杯，「這杯酒很有森林的味道，很適合在山上喝。」

然而身為多年摯友的張曉森明白，沒抹上粗鹽的琴酒，在他的嘴裡只有淡淡苦澀。

赴約前一晚，張曉森又回到了倆人初次合租的那棟公寓樓下。走過曾經熟悉的街道，斑駁牆面如今已變得陌生，張曉森無意間發現一條沒走過的防火巷，由方位來看，只要穿過那裡就可以迅速抵達捷運站，比起原先走的騎樓應該能節省五到十分鐘的路程。深深的巷口令人抑鬱，他依然忍不住好奇向內探究，不知不覺竟被建築物包圍了起來。這處狹小空間裡停了三輛轎車，應該是從周邊騎樓的其他入口開進來的，建築群面對內庭的鐵門早已拉上，就表面的刮痕推測應該經常開啟。左手邊的壁面大概在二樓的高度有一排照明燈，黯淡的光線照在轎車的板金上透出入秋後的涼意。

皮鞋的鞋跟在樓房間激起反反覆覆堆疊的回音，直到他穿出位在對角的公寓，腳步聲才逐漸消失在寧靜的黑夜。接著他來到一處僅容許一輛車通行的窄巷，右方有座廢棄的商業大樓。走了兩三步，隱約察覺大樓中庭傳來模糊的旋律，本以為那是老舊收音機所發出的聲響，走近了才知道是有人在唱歌，豐潤的嗓音在大型中庭結構中形成猶如音樂廳的臨場感。才剛要停下腳步慢慢欣賞，發現聲音居然源自於一名衣衫不整的流浪漢，他索性遂加快腳步離開了這處荒涼聚落。

最後張曉森在囂鬧的街市筆直地走向捷運站，順手將舊的回憶留給了這片過時的土地。一路走來見到不少掛在騎樓內的都更標語，無論未來變得如何，有了今晚的造訪，他永遠都不會忘記曾經在此處和林敏賢一起走過的足跡。

七

為避免再引起事端，出發前張曉森特地申請了入山許可。但那也只是形式上的問題，一旦踏入了山林，人們就會將你的身分從清單上抹去，就算偶然提起了你的名字，多半也是不以為意的輕蔑訕笑，眨眼間便給踏入泥沼，大雨過境後了無痕跡。

太陽爬過稜線隱身在遠方山頭，藏不住的鋒芒讓背光下的尖頂更顯得黑暗，雖然只是該區域的制高點，霎時竟有種不可侵犯的靈性。此刻倆人正遠離攻頂的路徑轉往溪流直下的谷底，林敏賢希望能回到自己重生的地方，若有機會也想再經過小木屋，說不定那對夫婦仍舊安然無恙。

「你怎麼都不說話呢？我們應該不至於生疏到這種地步吧？」林敏賢問他。

「爬山的時候我不喜歡說話。」蟬聲頓時安靜了下來，「工作之後感覺身體變差了，才沒走幾步路已經有點喘。」如此自嘲意在化解尷尬，畢竟遙想學生時代，對方最討厭自己無趣的言談。

「不用刻意討我開心，我沒有在逼你講話，只是不知道你在想什麼……多少會有些不安。我們很久沒有這樣獨處了。」她忽然停下腳步，「我們又不是第一天認識，請不要把我當成愛鬧脾氣的孩子……」感覺她想強調些什麼，反倒更讓張曉森陷入了五里霧中。

綠葉婆娑如浪，拍得午後山風更顯強勁，或許已經縈繞在耳邊好一陣子了，但此刻他才感受到手背上的溫度正一點一滴隨風流逝。少了陽光的照射，林間寒氣猶如看得見的樹影在視線中搖曳，彷彿提醒著旅人切莫再深入寸步。

受濕氣啃食的棧道滲出血痂似的紅色苔蘚，棧道是在核廢料醜聞爆發之後才修建的，目的是想詔告民眾，政府已完整地排除該區域的輻射風險。即便山徑曾被修築得美輪美奐，黃昏前的索命迷霧依舊使得旅客退避三舍，光是當初修建步道的工匠中就有三人在完工前染上了肺病，雖不至危及性命，卻也讓迷霧的駭聞不脛而走，再加上過去幾年新興的觀光城鎮在大地震後毀於一旦，自然再也沒人敢踏足這片聲名狼藉的死亡之地。

「妳看樹下垂掛的藤蔓像不像有人站在那兒？」

的。」

「你只是想嚇我吧？我看得很清楚，那是錦屏藤的氣根。應該是當初為了造景才特別引進

「妳什麼時候變得這麼了解植物？」

她吹噓道：「我當然知道呀！只要是不適合出現在這裡的東西我都知道。」

「講得好像妳真的很熟一樣……在我眼裡這裡就是一片雜林，」張曉森已經不再是過去那個癡迷於山林的少年，青春那場走在幽暗裡的夢境早隨著照亮現實的曙光消散在渺茫的意識，「但講真的，妳怎麼會知道那種奇怪的植物？」

林敏賢遲疑了一下才回答：「我的未婚夫是替豪宅造景的設計師，偶然聽他說過……」

聽到她口中的那個人，張曉森頓時面紅耳赤。為了隱藏自己的妒忌，他又順著話題問道：「他是怎樣的人？」

「他就是很普通的人呀……」

對方平淡的口吻不知為何讓他不太舒服，不明白是否只想在自己面前刻意讓另一半顯得不那麼重要，又或者認為事不關己，總之如此輕描淡寫地帶過令人感到相當輕浮。「就這樣？」

「他就和你一樣是一般的上班族，我只是不想解釋那些我不懂的東西，總之就是負責造景的設計師。」

「我指的不是他的職業。我是想了解他的個性，你們怎麼認識的？還有你們現在住在一起嗎？」

「為什麼想知道這些？那跟你沒關係呀！」

張曉森總算認清了自己的無理取鬧，其實她講得沒有錯。

想當初答應對方來爬山，內心多少有些糾結，或者說有種對於謊言的期待，畢竟自己也曾幻想她口中的婚禮只是基於某些因素而編造的幌子，只要能找回過去的默契，倆人或許還有機會重修舊好。這下看來都只是一廂情願。

「剛才聽錯了……當我沒問。」張曉森賭氣道。

「你聽錯了哪一句話？你到底在想什麼，可以誠實地告訴我嗎？」

「就說我搞錯了！不要在提這件事了。」

「不能這樣就算了，你會這麼問一定有什麼原因。」

禁不起對方一再挑釁，張曉森頓時相當惱火，如同悶熱的陰天裡突然爆發的火山。他抓著對方的肩膀大喊，「妳根本沒有立場逼我談這件事！」風停了，錦屏藤的氣根也不再搖晃。落日餘輝穿過山谷的縫隙將樹影投射在迷茫的白霧中，視線頓時被切割成零星碎片，散落於一片橘黃色的樹林。最後張曉森鬆開了手，「對不起，我只是不明白我們最後到底怎麼了。或許這都是我的錯，其實打從認識妳那天起……我就一直沒有改掉被動的習慣。」

林敏賢無神地看著他，想在對方眼中找到自己的身影，欲言又止的唇含著徘徊心底的祕密，「真的這麼在乎我嗎？」張曉森沒有回答，此刻他脆弱得想哭，沒有任何話語足以拼湊腦海中離散的思緒。「假使我只是樹林中的幻影，風一吹就消失了，你該怎麼辦？」

張曉森抱緊了她，期待片刻沉默能夠沖淡偶然的花火。只要太陽下了山，待濃稠的迷霧將他們完整包覆，或許剛才的衝動都將融化在黑夜裡，夢醒之後還能在星月下重回彼此該有的生疏。

然而一股平穩的氣流悄悄吹散了好不容易沉澱的思緒，留下淤積的死水在腦中搖晃，張曉森忽然托起對方的臉頰強吻她放棄抵抗的雙唇，唯有這麼作才能讓自己忘卻內心的空洞。感覺五臟六腑就垂掛在缺乏血肉支撐的骨架，頓時噁心想吐，他急需擺脫虛無的感受，即便當下只留存抽乾的皮囊，也想做點什麼證明自己依然活著。林敏賢抬起頭看著他說，「你從來都不瞭解我。即便過了這些年，你依然忘不了最初的愧疚。」一道淚水劃過乾澀的臉頰，「以前的人都說霧裡有神仙。你相信嗎？」

「我聽不懂妳講的那些鬼話！我問妳，妳還想跟他結婚嗎？」

林敏賢看著他的眼睛說，「我會！」彷彿這是世界上最有把握的抉擇。憤怒的張曉森開始脫去她的衣服，渴望在乾涸的大地上挖掘水源。林敏賢並未多作抵抗，但他還是錯過了那一聲聲的求饒，過程中對方輕聲哭喊著，「可以請你不要這樣嗎？求求你停下來！我很難過。」

難過？難道她就能理解我的難過？當初捧著布滿油花的肉塊如同引誘小狗一般欺騙自己離開那處陰暗角落，現在又要搶走我嘴邊的肉末，再無情地踐踏僅有的尊嚴。難道她就不曾想過我的感受？分明不喜歡爬山，卻又要我陪她回到曾經死過一次的地方，目的到底是什麼？我不懂！現在的我只想討回原先的那塊肉，她卻連一點也不肯施捨。

失魂落魄的林敏賢脫口而出，「起霧了……」

張曉森停止了野獸般的慾念，當下他覺得森林中所有生命……包括昆蟲、花草，甚至是菌類，都依附自然的思想望著自己。他倒不為剛才的所做所為感到羞愧，反而有股莫名的感知維繫著整座森林，彷彿靈魂脫開了身體連結起萬物的意識。「那是什麼？」

穿回風衣的林敏賢不帶情緒地說，「那是鯨魚。」

幽幽光帶纏繞林間，像精靈舞動的軌跡一路沿著眼前那棵樹直通上方林葉堆疊中的裂隙，瞬間衝破了天際，在星月下化作鯨魚的形體盤旋於天幕。濃霧裡張曉森發現一抹似曾相識的輪廓，即便相當確定那不是生命裡認識的任何人，舉手投足間卻又能預測他的每個動作，包括其蹲下欣賞花蕊的姿態，以及那無法挺直的脖子。看著那人駝背的剪影，他終於明白那就是自己年輕時候的樣子。頓時數道流星由東方升空緩緩劃過天際，追逐將要落入地平線的天光，又在餘暉中化為烏有。自己的影子則開始追逐那些藍色尾巴，一個踉蹌地竟跌倒在地，此刻另一位少女的身影出現在跟前將他扶起，倆人遂於樹林間相擁，逐漸融合成一團微光，猶如水氣般昇華在鯨魚盤旋的天空。

雷聲過後霎時烏雲密布，鯨魚開始在雲層翻騰，上方宛如顛倒的大海掀起一波又一波的湧浪，最後祂躬身潛入灰色天幕，留下綿密的雨霧籠罩著無聲的森林。

入夜之後倆人找了一處平坦地紮營，雨滴落在鬆垮的帳篷上，散落的節奏裡沒有水體該有的黏著。黑暗下的反常引力千百倍般使得塵埃不再飄散，重力抓緊萬物的影子，就連風都被吸入了泥壤，在地表醞釀低頻的共鳴。張曉森抱著熟睡的林敏賢，倆人之間沒有一點縫隙，他感覺胸口彷彿是向內塌陷的蟲洞，理所當然地將對方吸入那深深的漩渦。

只是一場夢吧？根本就沒有鯨魚，連流星都是假的。這種想法在深夜裡變得更加清晰。若不如此，他們又怎能夠跨越山神的憤怒，至今尚且安然地躲入溫暖的睡袋呢？

「怎麼還不睡覺呢？」對方模糊的語氣中帶了點撒嬌。

「剛睡醒而已。」

「你明明已經醒來很久了。」

「其實我也不清楚……睜開眼睛什麼也看不見，完全不知道是不是還在作夢。」

後來林敏賢不再說話了，從她胸口規律的呼吸，推測那是沒有夢的深度睡眠。張曉森放心地鬆開雙手，將掌心交疊在腦後，幻想眼前的黑暗中出現一尾透明的鯨魚。看著祂游來游去的曼妙姿態，不知不覺竟有了睡意，下回再睜開雙眼，帳篷頂部已浮現鬱藍的天光。

「你昨晚有說夢話嗎？」走在身旁的林敏賢問他。

「應該沒有吧！」

「但怎麼感覺夜裡好像跟你說過話？」

「妳作夢的吧！」他刻意表現地不以為意。

林敏賢則驕縱地說，「不想跟你爭辯了！」

經過昨夜，他們似乎回到了以往那般親密，情侶之間才有的鬥嘴終究填滿生澀的缺口，如今倆人又能平淡地走在一塊。其間張曉森想和她交換位置，「妳不是喜歡別人走在妳右邊嗎？」

「你記錯了吧！以前都是我走在你右邊，」她嘟著嘴思索一番，「也可能是我搞錯了……反正那不重要。」

山嵐沿著碎石和林地的界線爬往上游，穿過反向流動的霧水，他們終於來到當初聳立告示牌的河畔。牌面被塗了黑漆，後來又有人在底漆上噴了意義未明的塗鴉，看似遊樂園裡與主題不相襯的裝飾。然而沿著冷清草一路往上爬，卻始終找不到老夫婦的木屋，猜想是因應觀光造鎮而被拆遷了。

隨後他們遠離了溪谷，想去尋找記憶中那片寸草不生的荒地，才要步入蕨類叢生的霧林，竟被一個男人的聲音給叫住了。「你們一定要過去嗎？」仔細確認四下無人，張曉森握緊林敏賢的手，深怕潛藏的威脅會不經意地將她帶走。

「是誰在說話？」張曉森憤憤的語氣略帶點顫抖，他想藉此警告對方，卻不慎曝露了內心的恐懼。

「不用把我想得那麼可怕，我這孱弱的身體甚至禁不起你的辱罵。」

「你到底是誰？為什麼要躲在暗處說話？」

「我就在這。」

雙眼終於適應黑暗一般，逐漸能在雜亂的綠葉中辨識出相異的輪廓。接著他們在一棵筆筒樹下發現男人的身影，年約三十五歲，身穿卡其色牛仔衫，一頭亂髮撥到腦後，蓬頭垢面的樣子看似長期受困於山中的尋常人。

男人說道：「這裡可是會吞噬靈魂的迷霧森林，一不留神就再也無法回到熟悉的世界。」

林敏賢問他，「先生又為何不離開此處呢？要像個固執的靈魂。」

「妳想說我是地縛靈嗎？」男人笑了，「我可沒有妳想得那般神通廣大。甚至是樹上的小鳥都要在我頭頂排泄，好取笑我的無能……」

張曉森一個箭步上前，臉上已經沒有剛才的畏怯，「你會叫住我們肯定有什麼原因吧？」

「在杳無人煙的樹林中遇見同類，不免想聊上幾句。順便給予一點忠告。」

張曉森諷刺地說，「素未謀面，我可沒有向您攀談的意願。」

「這麼說也太無情了……」他失望道。

林敏賢趕忙緩頰，「不好意思，他並沒有那種意思。可以說說你守在這的原因嗎？」

他稍微伸展了僵硬的四肢，「我在等她回來，那是很久以前的事了……歲月如梭，早該忘記她是何年何月消失於這座荒林。想當初我們就和你們一樣毫無妨備地走進迷霧，後來她太醉心於花草灌木的鬱鬱蔥蔥，竟然將我給忘了。」

青煙纏繞枯木的年輪，沿著地表盤根錯節的樹根徐徐流過男人腳邊。遠方盛滿露水的葉梢垂落土壤，將樹幹壓得彎彎的。微光下，山鵲的輪廓形同烏鴉，在失去色彩的灰階照片中端立於枝頭，彷彿抽去時間的剪影投映在靜謐的森林。男人拾起一段枯枝，看似無心地翻動泥土中的碎葉，接著他抬起頭望向那倆人，「天就快黑了，不介意的話一起生火吧……」

入夜之後迷霧又悄然降臨，四下彷若鬼怪環伺，蟲鳴鳥叫頓時也顯得詭譎。張曉森不敢掉以輕心，樹林外強風襲來更加深了他對男人的不信任感，故始終保持著高度警戒，擔心對方可能會對林敏賢不利。畢竟是久居山中的人，即便對過往的情感有再多執著，潛藏的雄性慾望終將腐蝕心智，最終也會像野獸般搶奪填補飢渴的血肉。

「你看起來很緊張，」男人呵呵地笑著，「我應該沒這麼恐怖吧？」趁林敏賢到陰暗處擦澡，他刻意點破了張曉森的不安。

「你想太多了。對你……我沒有特別的想法。」

「是嗎？再怎麼說我也是個男人，大概也猜得到你正在想什麼，就算那駭人的迷霧已將我折磨得不成人形，每晚都要承受水氣浸濕關節的疼痛，」他刻意壓低聲量說，「但要趁你熟睡時去侵犯她，以我這身堪用的體魄或許還游刃有餘。聽我這麼說你應該很生氣吧！從你漲紅的臉就知道你恨不得現在就殺了我。怎麼？該不會被我說中了吧？」

篝火下，男人的側臉沒有一絲情感，能將幽默感扭曲成這類不入流的玩笑，可見他早已忘卻了世間的道德枷鎖，執意要在寂寥的夜裡燃起人性的焦慮。被看透心思的張曉森奮力抑制住情緒，不願破壞表面的和諧。假使此刻林敏賢從遠方的樹叢看過來，或許還以為倆人終於打開了話匣子，正盡興地聊天呢！

「也許真給你猜對了，潛意識中我或許將你視為敵人，實際上卻沒有把你講的那些可能性放在心上，」張曉森總算放棄繼續在地面上畫毫無意義的圓圈，順手將枯木丟入了火堆，「我還不知道你的名字，你會告訴我嗎？」

男人愣了一下，「名字？我有好久沒說出自己的名字了……」他再撿起樹枝翻動眼前的篝火，好讓更多空氣流過暗紅的木炭，「會這麼說並非我久居山中，其實打從進入社會，大多數的人就和我一樣將名字給忘了，反倒對於貼在身上的標籤多了一份親切感。」

張曉森對於不著邊際的話感到厭煩，他直截了當地問道：「簡單來說……我該怎麼稱呼您呢？」

「叫我張男。沒錯！就是男人的男。這並不是綽號，我生下來就叫張男。」

「我叫張曉森，」他伸出了右手，態度相當誠懇。

「這麼說我們也算是兄弟呀！請不要因此感到不悅。雖然我不是什麼太好的人，成就啦！智商啦！能力等方面都很平庸，卻未曾做過踰矩的事，道德品行還算可以。和我這樣的人稱兄道弟應該還不算吃虧。」

「我完全不會那麼覺得……很高興認識你。」

「感謝你這樣說。」張男真誠的微笑終究化解了早先的憂慮。

在林敏賢回來之前，男人們手裡的枯枝已在鬆動的土壤畫出夜晚的百般寂寥。頭頂沒有星星，月光僅能透過水氣的散射呈現一片迷茫白霧。蟲鳴稍早消失在灌木叢間，如今只剩下枝頭上間歇性的鳥叫聲乘載著黑暗的重量。

林敏賢在篝火旁彎身整理裝備，「我一直很仔細在聽你們說話，深怕迷霧會拉開我和你們之間的距離，但你們講話的音量很小，濃霧飄來的時候，在那兒就看不見火堆了，幾乎無法確定你們是否還留在原先的位置。」

「妳去了很久，」張男轉頭看著張曉森說，「剛才還以為他會想過去確認狀況。外頭烏漆墨黑的，是男生也會害怕，但看起來你們並不是很熟……」他的語氣相當曖昧。

林敏賢忽然瞪大雙眼，「他是我男朋友！」她轉頭看著張曉森，「我們下個月就要結婚了。」

一頭霧水的張曉森急忙思索早晨以來發生的事，擔心是否錯過某個環節導致遺漏了雙方的默契，卻怎麼樣也搞不懂她為何要講那種話。難道是為了自保？她大概也擔心張男興許心懷不軌，想藉由和自己的關係來澆熄對方的非分之想。懷疑自己被利用的想法頓時令人有些不悅，然而林敏賢的目的達到了，如今他不得不盡力保住尊嚴，想佔有對方的慾望也變得更加強烈。

「水滾了，」張男接過他們帶來的咖啡粉，在鋼杯底部倒入沙丘般的粉末，「你們自己有帶足夠的量嗎？」

林敏賢說，「其實我們也不打算喝，怕晚上睡不著。」

張曉森接過沖完咖啡的水壺，往自己的鋼杯注入熱水，「畢竟平時的作息不是到了山中就能立刻轉換過來。」

「這麼說我好像老人，日落而息。」張男吹走了杯緣的熱氣。

「白天的時候你都在幹麼？」林敏賢好奇地問道。

「我都在觀察迷霧裡的東西。」張男啜了口咖啡，感覺還是太燙了，於是他將鋼杯沒入潮濕的泥地，想藉由寒氣冷卻咖啡。

張曉森為此困惑，「不是很懂你的意思，迷霧裡會出現特別的東西嗎？」

「大概就是那個意思。」

林敏賢終於也受不了他那言不及義的說法，「可以直接告訴我們到底是怎麼一回事嗎？」

「這麼說好了……你們有看過受熱氣扭曲的天空嗎？」張男瞇起雙眼，視線穿越了火光，

「之前我跟著旅行團去非洲看巨石，黑色公路彷彿一條遊走在荒漠上的蛇，一路綿延到看不見的

地方。後來我們在某個景點停下來拍照，早晨的太陽就隱身在山丘後方，我望著稜線上的細白輪廓看得出神，卻沒料到車隊竟意外將我拋下。本以為他們很快就會察覺我不在車上，但等到了正午艷陽高照，地平線外依舊沒傳來引擎聲。四周安靜得可怕，沒有風，也沒有應該存在於自然界的任何聲響，飢餓及喉嚨的乾渴都隨著焦慮變得更加強烈。猜想當時就要死在沙漠中了，抬起頭髮現沒有雲的天空居然猶如蛔蟲般蠕動，像極了梵谷的星夜，扭曲我僅存的意志。所幸過了三個小時總算聽見有車子疾駛而來，原來他們走到了半路才發現我沒有上車，遂決定先將團員安置在附近的村莊，最後才讓導遊領著當地租賃車業者過來找我。」

張曉森說，「那感覺很可怕。但這跟森林裡的迷霧有什麼關係呢？」

「當時我望著扭曲的天空，意外發現捲曲的輪廓中隱約有些飛舞的形體，看起來像人，四肢卻細長得可怕，我無法斷定那是天使還是惡魔，只覺得祂們正在召喚自己的靈肉，像要把我吸入天空似的。」

「聽起來像是彌留時的幻覺呀！」

「也許恐懼真的讓我喪失了意志，然而自始至終我依然相信那是往常不易現形的靈體在對自己顯像，就如同我在迷霧中找到的影像一般真實。雖然我不能多做什麼去改變祂們給我的感官刺激，但那絕對不是幻覺，因為許多客觀存在的東西也未必是實體，只是礙於物理條件的限制而無法去驗證祂們的存在。」

「不是很懂你的意思。」

「就像你能看見消失已久的星雲。由於光速的限制，我們總能看到一些不是實際存在的東西，卻無法用科學方法加以證實。相反地，即便有些東西你看不見祂們，也未必代表祂們不存在。」咖啡終於冷卻到了適合入口的溫度，但或許他以前就沒有喝咖啡的習慣，感覺鋼杯裡的濁色黑湯就像從濕襪子擰出的髒水難以下嚥。

張曉森看得出來他不喜歡那種味道，於是將自己的熱開水遞給了他，「很苦吧？我們還有帶茶包。」

「多謝了！那待會兒再說吧……」張男和張曉森交換了杯子，他見對方似乎很享受咖啡的苦澀，不免懷疑自己是否由於久居山中才會味覺失調。「我曾經闖入霧裡的世界，但我馬上明白那並非現實的，於是很快就醒了。但她就不如此幸運了，對她而言現實或許不如夢中美好，才讓她不願意回來。」

「迷霧裡的世界究竟在哪裡？離這兒很遠嗎？」

張男臉上的皺紋隨著上揚的嘴角變得更深了，他接在咕嚕咕嚕的鳥叫聲後說道，「就在不遠處，廣義來講……也涵蓋我們目前所在的位置。」

林敏賢臉上流露近乎哀愁的神情，「你一定很難過吧……」

「比起自己的難過，我更擔心她在迷霧中悄悄逸散的靈肉。」

張曉森問他，「你可以簡單描述一下那是怎樣的世界嗎？還有該如何進去？」

「為什麼想知道這些？那可是很危險的地方呀！」

「你搞錯我的意思了……我並不是想進去，只是明天一早我們還得往樹林的更深處走，既然你所謂的迷霧世界很危險，我們總該曉得如何避開。」

張男又將水壺架上篝火，隨後把沒喝完的水倒入土中，「可以給我茶包嗎？」林敏賢轉身翻開背包，淺色毛衣下的背部線條在光火下相當誘人，似乎感受得到血液流過肌膚的溫度。接過茶包的張男向她微笑致意，這令張曉森十分不悅，林敏賢立刻握緊他的手。

張男並未察覺這不經意的舉動已侵犯到對方的敏感神經，他舉起右手指向前方一片茫然的陰暗處，「迷霧的中心在那個方向，是一片堰塞湖，周圍十里都是迷霧的所在。」

張曉森鼓起勇氣問道：「為什麼你知道那就是迷霧的中心？」他想起多年前自己也是抱著瀕死的林敏賢誤闖一處受迷霧包圍的荒地，也是在那她才獲得了重生。

「我觀察很久了，迷霧就是從湖畔逸散出來的，應該就是湖泊蒸散的水氣。」張男拾起枯枝取下再度燒開的水壺，以熱水沖開茶包。忽然有陣風吹入林中，歪斜的烈火頓時令臉部有些刺痛。燃焰澈底釋放了草木的靈魂，就像條被吸往天空的火蛇。「那是充滿靈性的地方，像是古老意識的聚集點，卻始終無法得知祂想傳達的訊息。」

「所以你覺得帶走她的就是所謂的古老意識嗎？」

「這點我不能確定，我確實去過迷霧中的世界，但那和湖泊的感受完全不同。在迷霧的世界裡，我彷彿失去了自由意志，周遭所發生的一切，都猶如依照某種情節被按部就班地實現著。」

「那麼堰塞湖呢？在那兒又是怎樣的感受。」

「站在湖畔我只感受得到一片虛無，或許是靈性不夠吧……即便那裡存在著與人類相通的思維，卻無法藉由任何表象去理解祂想傳達的訊息。純粹的意念不帶著被感知的客體，就連理性也無法順利地推演，總之就是腦筋一片空白，只曉得眼前確實有某種積極呈現著虛無的東西。湖畔與其滋生的迷霧世界，似乎是兩類全然不相干的宇宙。」

張曉森在鋼杯中倒入更多咖啡粉，他的思緒早已攪亂成一團沒有層次的毛線球，「所謂的情節是有跡可循的嗎？你在迷霧中實際上都看見了什麼？」

張男擱下手中的鋼杯，徒手挖起一球泥土在掌心搓揉，並思索著那些刻意拋在腦後的記憶。而土壤果真存有當時的足跡，彷彿打開了時光膠囊，逐漸在眼前呈現災後城鎮的輪廓，以及飄散在陽光下的白色棉絮。

八

當時佳榕想和張男一起去看堰塞湖，去年的大地震徹底摧毀了由政府主導的造鎮計畫，儘管如此，依舊能藉著旅遊書上的圖片辨識出植物覆蓋下的廢墟，按圖索驥逐漸也能找到堰塞湖的方位。

「這座教堂再過去就沒有建築物了，一直往東邊走，大概只要十幾分鐘⋯⋯」佳榕直直盯著書中的手繪地圖，完全不擔心腳下的泥巴會弄髒新鞋，「阿男！你有沒有在聽我說話？」張男伸了個懶腰，看似不感興趣。起初他見到照片裡那座被湖水淹沒的森林時，更是表現得相當冷淡。

「你不要每次跟我出來都這樣好不好，很討厭耶！」

「再不回去天就要黑了，」張男從佳榕身後，以胸口頂著她的頭，「到時候找不到路回去就慘了。」

「不行！」原先停下腳步的佳榕刻意向前跨出一大步，接著她轉身看著張男，「我一定要拍到黃昏時候的樣子，肯定會比書上的還漂亮。」即便拉開了距離，依舊無法縮小倆人的身高落差。

「那又怎樣？」張男嘆道，「待在民宿裡睡覺不是很好嗎？妳又不是什麼運動健將，幹麼跑來這兒折磨自己。」

「你就只想著那件事，一點都不浪漫！」

「妳不喜歡嗎？」張男伸長手大力拍了佳榕的屁股，弄得對方又急又跳。

「變態！唉唷……你不懂啦！」

隨著腳下的土壤愈來愈潮濕，像尿布吸飽了水份，由此推測堰塞湖應該不遠了。然而穿過一片毫無次序的闊葉林，仍一無所獲，如今遠方的太陽已和地面成三十度角，擔心天黑之後下不了山的張男語氣頓時嚴肅了起來，「不要鬧了……我們回去吧！」

「再危險你都會保護我，對吧？」

「我沒有那種自信，」張男用力拉住她，「拜託妳不要再走了！」

佳榕始終沒有回頭，上半身僵硬地向前傾倒，感覺被拉住的手就要扯斷了，「你不要我了……是吧？你已經膩了。」

張男頓時面紅耳赤，牽起她的手飛快地往前衝，高大的身軀像是強擄少女的盜匪，匆忙走過那些彼此不相干卻又緊密相連的雜林。若說上帝是完美的存在，這片荒林肯定是思想中被遺棄的垃圾，就像被揉成一團扔在地上的稿紙不受關愛。混和林阻擋了由林線外入侵的水氣，樹幹之間的空白處可見被夕陽染成橘紅色的霧幕，倆人的剪影偶爾消失在一幢幢的樹叢間，又隨即出現在一幢幢的矮木之後。腐敗的氣味由土表昇華，堰塞湖已近在咫尺。

佳榕的手腕被掐得發紅，「阿男你停下來呀！」張男聽不見她的聲音，深藏在大腦縫隙裡的黑蟲已澈底蠶食了他的思緒。「你快給我停下來！」她終於奮力甩開對方。

張男轉頭看著佳榕按住發紅的手腕，神情哀怨。接著她舉起右手指向身後，「那裡有聲音。」

斜坡下方即將沒入地平線的光環，在湖面反射出一道粼粼波光，彷彿航向西方的船舶，在凝結的時空中留下波動的頻率。「好像有人在笑？」

佳榕興奮叫道，「而且是很多人！」

隨後倆人發現有一夥人在湖畔拍照，有男有女，總共七人，由爽朗的笑聲推測大概都是二十歲出頭的青年。其中一位將秀髮掛在左耳，右側剃成五分頭的男子率先走了過來，「你們來得正好！再晚就沒辦法拍照了。」

張男勉強擠出笑容，「請問你們很早就來了嗎？」

另一位留短髮的女生由男子身後探出頭，「我們中午就來了，還在湖邊野餐呢！」男子似乎覺得自己才是有權代表夥伴們發言的人，顯得相當不悅，「去拍妳的網美照啦！不要過來湊熱鬧……」他調整了黑框眼鏡，感覺平時就相當注重儀容，「你好！叫我阿哲。」阿哲恭敬地伸出右手，一時沒有意會過來的張男搞得場面有點尷尬。所幸佳榕立刻回道：「叫他阿男就好了。你好！我是佳榕。」她也伸出了右手。然而對方轉而作出招呼的手勢，為了不顯得失禮還特地點頭致意，似乎正顧忌著張男的目光，畢竟他們看起來就像一對情侶。

佳榕很快就融入了他們，並冷漠地將男友晾在一旁，盡興跟大夥兒在被水淹沒的林地邊拍照。落日時分，一名留著大波浪褐髮的女生問佳榕，「他就叫張男嗎？」佳榕回答她：「是呀！就是男生的男。」

「好特別的名字呀！人也很特別。身材高……卻很害羞，長得溫柔卻又留了八字鬍……」佳榕則不悅道，「我當然知道他很特別！」之後那個女生就不再多說什麼了。

走入深夜的叢林，眾人在遠離濕地的露營區燃起篝火。帳篷昨晚就搭好了，這群青年原先是附近鎮上的學生，地震過後大多數的房子都成了危樓，也包括他們讀的寄宿學校。許多住戶選擇搬離這處原本就不被稱為家鄉的地方，最初為了光觀事業而來的人們捨棄了土石流下的廢墟，只有將青春歲月留在這片土地上的人依舊對於森林念念不忘。水氣沾染上他們的靈魂，才使得濃霧中存有時間也沖不散的回憶。

「好懷念以前上學的日子。」

「看來大家還是捨不得離開呀……」抱著吉他的男生輕彈了琴弦，他沒有演奏完整的旋律，只是隨意撥弄著，靠在他手臂上的女生已經睡著了。

在火堆旁聽眾人輕聲交談，確實容易在每段話題的尾聲迷失方向。尤其過去的回憶彷若裹著糖衣的苦藥，太細微探究總會引起思緒上的反動，久而久之容易疲乏。

「你們兩個以前常常吵架，還記得嗎？」

「這種事情怎麼可能忘得了！」

「你們真的很幼稚，要不是後來玩了試膽遊戲，搞不好她現在靠的就不是你的肩膀了！」

「我那時候如果沒有違反規定去找她，說不定她會慌亂地在森林裡狂奔，很有可能因此失足跌落山崖。」

第三個聲音說道，「現在回想起來的確有點危險，當時卻不覺得怎樣。」

「是呀！如今就算在夜裡，森林中也只有甜甜的回憶。」戴帽子的女生認為自己已取得了大家的共識，隨後她將話題轉到畢業前夕，最後一次的交換禮物。「當初是誰先想到森林尋寶的活動？」

阿哲取下黑框眼鏡像在擦拭鏡面上的火光，接著將目光投向彈吉他的男生，「是齊仲吧？我記得好像就是你。」

始終播著琴弦的齊仲說：「應該是吧……但我其實沒什麼印象。」

戴帽子的女生突然將視線移到佳榕身上，似乎認為自己疏忽了什麼而深感抱歉，「我們一直在聊自己的事，佳榕他們一定覺得很無聊。」

始終表現得心不在焉的短髮女生趁機附和，「對嘛！他們肯定覺得很無聊。」

佳榕感覺自己就像混在羊群中的狼，不慎被發現了而顯得不知所措，「我們其實很想知道尋寶活動是怎麼一回事。」她仰頭看著張男，賴皮似地撒嬌，「對吧！」。張男回答：「我也很期待你們接下來會說出有趣的事……」

褐色長髮的女生說：「那是很有趣的遊戲唷！感覺就像在淘金。」

戴帽子的女生看著佳榕，「我們講好每個人都必須在聖誕夜前夕到森林裡埋下交換禮物，用樹枝做為標記，並在上頭綁好一塊面鏡。當天活動開始後，大家就抽籤依序進入森林，鏡子會反射太陽的光線，好讓尋寶者更容易找到寶物。」

「我還以為交換禮物都應該辦在晚上。」佳榕說。

「這也是沒辦法的事情呀！假如辦在晚上就很難找到寶物了。好在那天太陽夠大，大多數的人不到十分鐘就回來了，只有抽到最後一支籤的齊仲沒找到寶物……」

阿哲說，「後來我們相互確認自己挖到的寶物，才發現消失的禮物就是齊仲自己埋的。」靠在齊仲身上的女生醒了，於是他藉機放下吉他，「之後我們還特地到印象中埋藏禮物的地點尋找，就是找不到寶物，就連挖掘的痕跡也沒有。大概是齊仲自己搞錯位置了吧……」

短頭髮的女生說，「真可惜，聽說本來是一盒松露巧克力！」

阿哲笑道，「就算現在讓妳找到，也已經壞了。」

「任何一段關係都有保值期，過期了只會剩下腐敗的氣味。」褐色長髮的女生眼神時不時飄向張男，這讓佳榕很不是滋味。

戴帽子的女生忽然起身拍了拍短褲上的塵土，接著彎身拉高羊毛質地的中筒襪，「我想休息了，小柯妳要進來了嗎？。」小柯是短髮女生的名字。

「好呀！再不睡覺肚子又要餓了。」看得出來她還念著那盒巧克力。

就在眾人三三兩兩準備回到帳篷休息，佳榕忽然小聲對著張男說，「我想去尿尿，你在外面等我一下。」才要起身，原本靠在齊仲身上的女生叫住了她，「可以跟妳一起去嗎？我也想上廁所。」

「好呀！一個人去好恐怖。」

「不用怕，他們都會在外頭等我們回來。齊仲你可以先去放吉他。」

齊仲說：「沒關係，回去再收就好了。」

隨後她們竄入了叢林，樹影搖晃，沙沙作響。坐在炙熱的火堆旁，張男頓時感到有股近乎壓迫的坦誠，那是齊仲給予自己無法婉拒的告解。

「我想跟你講一件事……」

「為什麼是對我說呢？」

「因為我們彼此不熟識，你又是局外人，所以只能對你說了。」

「如果我猜得沒錯，是關於交換禮物的事情吧？」

齊仲臉上的半側光火襯托出虛與實的界線，即便表情是那般誠懇，這突如其來的對談依舊隱含著表象下的潛在暗示，「我想你已經猜到了……當初我並沒有埋下任何禮物。」

「那又是為什麼呢？」

「我在一張紙條上寫下自己的願望。由於太過珍惜當下的時光，以至於心思都流於不著邊際的幻夢。我很希望能永遠跟著青春歲月裡的夥伴守在一塊，本該深埋在地下的紙條就是我私心的期待。」

「你在上頭寫了什麼？」

「我寫了，希望大家能永遠守著這片森林，一起擁抱青春的記憶，不再變老。」齊仲低下頭去看著將要燃盡的篝火，「但最後我反悔了，畢竟那只是一張紙，沒有任何價值，想也知道挖到禮物的人會是何等失望……於是我抽走了插入土中的樹枝，並將鏡子拋入河中。也好在後來我抽到了最後一支籤，如願承擔了自己的過錯。」

張男無法理解這件事情對於他的重要性，分明只是雞毛蒜皮的小事，為何對方要如此執著，彷彿犯下了不可饒恕的罪過。「你很內疚？」聽見女生回來的聲音，遂再趕緊問道，「為何要如此在乎？感覺只是微不足道的事情呀！」

齊仲抬起頭看著他說，「原先我也認為那並沒什麼，但只要每次聽到他們再度提起當年的交換禮物，深埋的遺憾卻像春雨後萌芽的生命，即便刻意去壓抑，依舊無法阻擋盤根錯節的莖葉日漸占滿我的思緒，彷彿概念已藉由理性推演發展成客觀的實體，逐漸吞噬我最初的善意，終究達到無法自我諒解的地步。」

張男嘆了一口氣，「或許我能理解你的感受，也但願你能就此放下。」

「謝謝你。你的傾聽對我而言非常重要，相信總有一天我會由於這番告解而澈底釋懷。」

深夜裡的飛蟲受餘燼的吸引來到了營地，落在帳篷上彷彿雨滴聲害得張男輾轉難眠。佳榕則睡得很沉，幾乎快沒了氣息，有那麼一刻張男以為她走了，莫名的恐懼如同螞蟻般爬滿全身。此刻他終於明白所謂的恐懼並不具備形象和理性條件，它僅僅是內在對於現狀瓦解的一種觀想，不願其發生才是恐懼的根源。

張男始終保持清醒，擔心黑夜會悄悄帶走身旁的愛人，於是他開始思考齊仲講過的那些話。他不解一個渺小的念頭是如何轉化為餘生的遺憾，人類引以為傲的理性推演又怎會變成反噬思想的病毒呢？邏輯應當用來解決問題，而不該是助長觀念迫害本質的工具呀！如此矛盾的思維顯然無法解決當下的苦悶，靜不下來的夜更是令他焦躁不堪。要是靈魂可以暫時出竅飄入市區的夜，遊走於巷弄間的僻靜，就不用再迫切盼望那些肉體無法成行的夢。

眨眼間張男感受到強烈的光芒，在虛與實的穿梭中他試圖睜開雙眼，疲憊竟奪走了意志，只能在白光之後數度回到黑暗。歷經了短暫的休息，他終於奮力起身，這才明白自己已倏然來到早晨，並且沒有睡眠後的模糊意識，彷彿是一趟省略航程的長途飛行，才剛起飛，隨即降落於地球的另一端。然而悲傷的是——佳榕真的不見了，猶如夜露消失在朝陽下的葉緣那樣不著痕跡。

張男並未焦急地出去尋找佳榕，帳篷的拉鍊仍舊維持著與昨晚相同的下垂弧度，倆人共用的棉被也絲毫沒有被掀起的跡象。他深信佳榕就是像夜露一般失去了形體，完全不留下挽回的餘地，但即便如此他也無法繼續守在原處，灼熱的心幾乎要蒸發血肉，再也拉不住思緒的慣性，於是他離開營地步入林中，將自己置身在葉浪下的微風。

張男隱約意識到遠方有刺眼的光芒，如同北極星吸引著迷航船隻，意向性地連結起相互存在的客體。隨後他走近了那塊掛在樹枝上的面鏡，並彎身撿起地上的紙條，上頭寫著：「大家要繼續守著這片森林，一起享受青春的記憶，不再變老。」

一盒巧克力就放置在樹枝下方，保存期限已過了五年。張男打開包裝將松露綿密的口感化入口中，頓時思緒都融化成淚水，濕潤了滿地的緋紅落葉。

他再也離不開這座森林了，相同的故事也經常出現在往後的迷霧之中。然而無論怎麼呼喊，迷霧裡的佳榕都始終沒有回頭。

到此張曉森問他：「這就是你所謂劇本式的世界嗎？」

「不記得我有用過那樣的字眼。」

「其實我也忘了你之前講了什麼，好像就是類似的意思吧？」

「我想是這樣的，」張男再度拿起杯子在手中把玩，「那個地方只存在著細節，卻缺乏穩固的結構，所以無法看見表象後的全貌。所有接觸到的東西都是既定的，沒有被改變的可能。我這樣講有回答到你的問題嗎？」

「或許吧，就像讀腳本一樣。」

「總之她是真的消失了，只是又以另一種形式出現在虛假的世界。你們不要離湖太近就對了！」長久以來他將故事埋藏在迷霧之中，想藉由物質上的貧乏來壓抑內心反覆激盪的噩夢，如今遺憾湧上了心頭，已無暇顧慮他人的感受。最後他指著前方沉悶地對倆人說：「往那個方向走十分鐘就是當初的營地，要是你們擔心今晚沒地方過夜，就隨便挑一個帳篷睡吧。藍色帳篷是我休息的地方，但我白天才會回去。」

離開之後，張曉森牽起林敏賢的手，深怕一不留神對方就會被拖入黑暗中。迷霧盤繞著樹梢猶如蟒蛇垂落長長的身軀，並在夜風下頻頻吐信。

「是不是擔心我會突然消失？」林敏賢問他。

「到帳篷那再說，我很怕遇上不好的東西」

「你是指鬼嗎？」她刻意放慢腳步，踏著慌張步伐的張曉森不慎扯動倆人的臂膀。

「我是怕有蛇……或者熊那些的。」

「所以你一點也不擔心我會消失？」

「我當然擔心！尤其是聽完他的故事。」

林敏賢遂也感到安慰，隨即也加快了腳步，「那為什麼最後我不去找你了……你卻什麼也沒作？」

「現在沒必要談那個。」

「好，」她抬頭看著月亮，那旋轉的光暈有著太陽的錯覺，「還記得大學時我們去過一次海邊嗎？」

「當然記得……當時還以為妳會跳下去游泳呢！」

「我就喜歡跟你走在堤岸邊。」

破碎在海面的陽光如同星點閃爍，浪花以難以察覺的速度緩慢移動著，過度曝光下的沙灘缺少了立體感，彷彿只是一張乳白色紙靜靜地躺在眼前。輻照堤岸的光線穿透了肌膚，在表皮蒸出一粒粒的汗珠，逼得張曉森不得不扭開瓶蓋將礦泉水淋在頭頂。「好熱唷！我們再走回去買水吧！」

「對呀！真的有點受不了……」林敏賢拉高了帽緣，她看著滿臉通紅的張曉森說，「但是我好喜歡這裡，想再多待一下。我很少有機會看到海。」

「雜貨店那邊也看得見海呀！」

「那不一樣……我就喜歡跟你走在堤岸邊。」當時她就是這麼說的。

昏暗的雜貨店內只有反照微光的線條，由門口望去確實看得見海，而那抹青藍色塊在相隔遙遠的距離下依舊泛著廣袤的生命力，與室內的剪影相襯，隱含著喚醒午睡的話語，屋簷下的黑色輪廓為外頭的世界圍上一層圖框，使得視覺不再失焦，受暑氣倦怠的心靈也頓時透徹了。

「你終於……」林敏賢含著糖果，不願放棄每次舌尖碰觸甜頭的機會，「退伍了！」她的話講得含糊，讓張曉森覺得十分可愛，「接下來……」林敏賢終於咬破了糖心，嘴中發出喀吱的聲響，「你要幹麼？」

「當然是找工作呀！」張曉森轉開了瓶蓋，「我要賺很多錢。」

「水給我……糖都卡到牙縫了，」林敏賢接過礦泉水，「但是我們又不缺錢。」

「沒錢怎麼買房子？」

「你不是一直都有在租房子嗎？」

「那不一樣！」張曉森望向遠方的海面，即便視線裡那只是一小塊青色的寶石，無邊無際的意象依然猶如潮水，一波接著一波拍打他心中的夢想。「我想要擁有一棟只屬於我們的房子。」

「現在就有啦！」

「什麼意思？」

「你只感受得到我的存在吧？就在這間雜貨店裡。」當時的張曉森並沒有回答她，因為對他而言，那是理所當然的事情。

如今幽幽夜風吹響了稠密的葉浪，彷彿記憶裡的浪花再度蓋過腦海。張曉森不經意脫口而出：「我的眼中只有妳。」

林敏賢驚訝道，「你剛才說什麼？」

「當我沒說……」

「都這種時候了才講，你不覺得對不起我嗎？」

「可是你當時明明就已經知道我的答案了……不是嗎？」

林敏賢抱怨道，「你都不說，誰會知道……就算知道了也不能體會。」

張曉森不想辯解了，本以為那些理所當然的默契竟不曾存在過，就好像小時候從課本上讀到的科學定律，瞬間就被某位權威的物理學家給推翻了。但這也不是什麼奇怪的事，畢竟在相對論被提出之前，以太陽系為中心的牛頓力學長久佔據了唯物論的主要地位。過往相信的諸多事實都只是時間軸上的一場偶然，就如同自己深信的錯覺一般。

循著白色的路影去找尋張男口中的營地，黑魆魆的草叢彷彿吸取了夜露精華，隨著視線的延伸愈長愈高，此時他們必須伸手撥開眼前的障礙，就在穿過最後一道高於胸口的灌木叢後，張曉森總算看見了那沉睡已久的聚落。「到了！」只有十多分鐘的路程，感覺卻走了一整夜，「沒有想像中的糟糕，還以為營地會很髒亂。」

「張男都有在清掃吧！帳篷很乾淨，火堆也是不久前才用過的。」

「先確定他住的是哪個帳篷吧！搞錯就尷尬了。」

「也是！不然睡到一半被他拉開帳棚……肯定會嚇死。」

倆人小心翼翼地踏入營區，如同闖進異教徒的禁地。月光下的帳篷映照著不可言喻的自然力量，彷彿違抗著基督的意志，召喚森林中一切善與惡的法則，意在堆砌崇拜的圖騰與傳頌異端的詩歌。夜風吹拂著樹林，也吹開了眼前那座藍色帳篷的門片，一雙雪白的腿霎時若隱若現。

「你覺得那是什麼？」林敏賢側著身子靠在對方胸口，不願相信眼前所見。

「應該就是她吧……」他抱著林敏賢的頭，「我猜那就是佳榕。」

「所以她已經死了？」

「看樣子是……這裡蚊蟲很多，不會有人這樣光著腳丫睡覺。或許張男已迷失了心智，才會在腦海中編造出那些謊言。」張曉森捧起她絕望的臉說，「我們走吧！無論如何都不可能在這兒過夜了。」

守屍人的夜就留給變質的記憶繼續填補傷口，如此想來也能在憂傷中拾起一點希望。但若這是一起謀殺案呢？不詳的預感伴隨著走遠的步伐變得更加清晰，以至於愈走愈快，彷彿正在逃離一場末世災難。

九

那場黑幕下的脫逃，逃的不只是張男的噩夢，也是迷霧中尋求黎明的渴望。當血色天光翻過地平線染紅如火燒的森林，他們才明白自己已走了一整夜。

來到教堂時，絢爛的陽光在彩繪玻璃上留下聖母光輝，即便壁縫爬滿青苔，一絲不苟的磚牆依舊完整包裹那精神所在的聖域，好似基督外化了自身理念，以實體的形象存在於自然界中。

林敏賢疲憊的眼瞼不時蓋過瞳仁，張曉森擔心她會暈厥過去，於是托起她的臂膀走入教堂。室內裝飾繁複，由東方升起的太陽以三十度角射向石板，光線中幽幽透出花窗的華麗色調，照射在陳列於前的樸實長椅上，有種聖光落入塵世的莊嚴。

放眼望去，張曉森察覺坐堂上有人影晃動，那人一身鮮黃的穿著與金色聖幛相襯，恰巧起了隱蔽作用，彷彿是條蜷伏在落葉中的毒蛇藏著伺機而動的敵意。為避免突如其來的造訪驚動了主人，邁向內殿時他刻意踏起堅硬的步伐，走近一看，對方竟穿著一襲袈裟，但沒有剃髮。「請問您是這裡的主人嗎？」其實他本想稱呼對方為牧師。

「先生是可以這麼稱呼我，畢竟我就住在這，」他的聲音相當沉穩，好似在平衡這幅弔詭畫面，「但這座教堂可不是我擁有的，正如你所見，我身上的袈裟與此不太相襯。我明白你的驚訝，一進來時便如此。然而無論是我這身裝扮，或者這座神寓，都並非憑藉著本人的意志被創造出來的，這都是我發現的。」

他的言談以及所有不合常理的景象都給了張曉森充分的理由去懷疑對方是個瘋子，但在這荒郊野外若沒遇上孤魂野鬼便是萬幸，那裏奢望還有正常的人類存在。或許他是另一位張男，同樣也是受迷霧腐蝕心智的可憐蟲。

「你們累了吧？想找地方休息。」

「先生怎麼知道的？」

「樹林外沒有村落，你們看起來也不像鎮上的人。想必是走了一整夜才找到這兒。」男人緩緩靠了過來，「別擔心，我們這個地方就和都市一樣設有郵遞區號，郵差會定期上來送信。雖然沒有網路，但與外界還保有一定程度的聯繫，絕非魔鬼或者亡命之徒聚集的地方。」即便他如此說，一路走過的光怪陸離卻好似未曾停歇。

隨後他們被安排到小房間休息，整座教堂全憑男人一人打理，室內卻出乎意料得乾淨。小房間是鐘塔下方多隔出來的區域，除了門口右側排放及腰的矮櫃，十坪大的空間中另有兩組書架和一組桌椅。進來時男人在桌上放了一盞油燈，桌面空無一物，猜想平時是用來閱讀的書桌。

張曉森不知該如何稱呼對方。該叫他住持嗎？或是神父之類的稱謂才比較貼近教堂給人的意象。後來男人告訴自己他其實是當地中學的駐校研究員，過去曾擔任國家研究所的院士，退休後才選擇到山上潛心專研之前的科目，順便填補偏鄉的教育資源。

張曉森在昏暗的燈火下隨意瀏覽架上的書，大多是些無法理解的生澀詞彙。他沒來由地唸出那些書名——純粹理性批判、精神現象學、宗教與哲學、相對論的意義，其間沒聽見林敏賢正在叫他，「反基督、異鄉人、生命是什麼。生命是什麼？」他意外重複了同一本書的書名。

對方提高了聲量，「你到底在幹麼？」

「沒什麼，我在看這些書。」

「你看得懂嗎？」

「我只是在唸上頭的書名⋯⋯」張曉森離開書架前，取下了薛丁格所著的〈生命是什麼〉，隨後走向靠著牆邊的林敏賢。就在此刻外頭傳來了敲門聲。

「我拿棉被過來了。」那聲音說道，於是張曉森再度起身走向門邊。「我就只有這些東西，你們應該不介意一起睡吧？」男人帶來了兩條棉被，就他矮小的身形那已經是勉強可以負擔的重量。「一件舖在地上，另一件可以用來蓋。」

林敏賢答謝道：「真的很謝謝您。」

張曉森接過了棉被，上頭留有曬過陽光的味道，「感謝老師，有這些就夠了。」

「別客氣……」他甩動臂膀以舒緩負重過度而僵硬的肌肉，「我剛才燒了一壺水，還有準備一些麵包。等一下再給你們拿過來。」

「我跟老師去拿吧！不用多走一趟了。」他轉頭看了林敏賢一眼，彷彿在告訴她自己去一會兒就回來。

「這樣也好！剛好讓你知道食物放在哪裡。教堂雖然不大，沒來過的人還是經常迷路。」

剛才來鐘塔，男人帶他們走與教堂主體相連的通道，現在前往食堂，他刻意經由暗門繞到戶外，好讓張曉森更了解建築整體的配置。接近正午，日照已經退出半面迴廊，倆人的影子在廊柱間交錯顯像，照到陽光時，強烈的輻射烤得他頭昏腦脹，僅有在短暫的陰影下才感受得到些許涼意。

「你對那個有興趣嗎？我指的是你手上的那本書。」

張曉森這才發覺手裡還拿著〈生命是什麼〉，居然不自覺地將它帶在身上。「對不起。不小心把它帶出來了。」

「架上的書我都讀過了，若有人能和我討論書中的內容，書的價值才不只是可有可無的收藏。你以前看過這本書嗎？」

「沒有。我甚至沒有設想過書中的內涵，只是隨意從書架取下。」

「或許是你潛在的理念渴望為此找到解答……不是嗎？」

「我其實對生命科學沒什麼興趣，大學讀的是電機系，也不曾選修與此相關的科目，只有在高中時上過基礎的概念。」

「精神是會變動的，人對於事物的想像都會在自認為毫不相干的經驗之後被潛移默化地改變，或許你覺得某些事情可能是自己一輩子都不會感興趣，更不可能主動去了解。然而，意識演變的歷程中，所有思想範疇內的見解——我指的就是可能被稱作人格的東西，都會隨著時間緩慢地轉化，漸漸改變你對特定事物的看法。這種事情多半只有再度聚焦它的存在時才會忽然有所領悟。」

「您講得太深奧了。」

「聽不懂沒關係。有時詮釋不是必然的，實踐才具備普遍的條件。就像賽車選手不必理解車體的機械結構，也能憑藉著意念在賽道上找到目標。」為此張曉森沒有回答，腦袋依舊停留在上一段令人費解的論述。於是男人問他：「對你而言，生命是什麼？」

窮其在校所學的知識，張曉森想給出一個不至太膚淺的答覆，絞盡腦汁到最後，依然消極地說出一個自己不是很滿意的答案，「是具有代謝功能……可以生長和繁殖的有機物嗎？」

「我理解你想講的唯物觀點，那像是微觀細胞的聚集，最終湧現出宏觀的個體。」

「我應該沒有能力和老師探討這類艱深的學問。」

「我剛才講過了，會開車不一定要了解機械結構。或許你不懂，但若能體會我接下來要說的話，其實你的意識早已具備了充分的理念。」他放慢腳步說道，「一般人談起生命，大多著重在人類以外缺乏自我意識的野獸，但我想講的就是屬於你我的生命。就我剛才的論點，生命的血肉確實可以由細胞匯集的個體得到解釋，然而對於意識的理解卻沒那麼簡單了，即便當代神經科學突飛猛進，科學家卻始終無法解釋單元何以成就心靈的要素。在〈生命是什麼〉中就有段關於吠陀經的有趣引述，書裡提到每個人的意識都只是瀰漫於宇宙中的集體意識的表現，我相信那和靈魂不滅的說法不謀而合。一位量子力學的奠基者會對於這類論述感興趣，你不覺得很玄妙嗎？」然而話題就此打住了，因為男人明白對方的思緒早就猶如失去動力的慢船在夜裡迷航，已經缺乏了反思的動機。

離開食堂前，男人始終盯著自己手中的書，於是張曉森禮貌地說，「我有空會再翻一下。」他明白那就是對方的意圖，男人遂由衷地道謝了。隨後張曉森又忽然想起了什麼，「還有一件事情想請教老師。」

「請說。」男人帶著盼望的眼神。

「請問您為何要在教堂裡穿袈裟呢？」

「回答這道問題前，想先請你思考一下什麼是信仰。」對此張曉森感到些許不滿，憑什麼不能直捷了當地說出答案，竟又拋出新的問題來攪亂思緒呢？緊皺了眉頭，對方卻將之理解為深層的思慮。過了一會兒男人又問了，「想到了嗎？」

張曉森勉為其難地說，「信仰就是將脆弱託付給未知的力量嗎？」

「你確實有認真地思考過……就讓我來完善你的想法吧！人之所以感到脆弱，多半由於得不到想要的東西，或者是遭遇到不想要的苦難，而你所謂的未知力量，其實就是超越人類理解範圍的全能的神，神之所以全能，主要在於禱告者設想了一位可以解決所有煩惱的上帝，如此一來才能對抗世界的荒謬。這才是你的完整答案吧？」

即便不如此認為，張曉森依舊順著對方的話，「或許是吧……」

「那麼你覺得哲學是什麼？」

「我不知道。」

「就說你當下想到的。」男人彷彿想誘導自己說出一個不是很堅定的答案，再藉此批判其弱點。

放棄掙扎的張曉森脫口而出，「哲學是追求真理的學問。」

「追求真理的背後肯定有更單純的目的吧？你再想想……」

至此他也不願多想了，「是為了解答生活中的問題。」怎料自己竟意外正中他的下懷。

「沒錯！就是為了解決問題。正確來講是要幫現實中的矛盾找到合理性。即便存在的事物必定合理，但若不探究其原理和因果，人就永遠無法避免繼續遭遇己所不欲的苦痛。然而信仰就簡單多了，人只要選擇放下執著，將自己交付給神，所有問題便不再需要透過真理得到解答，由此看來是一條捷徑呀！」

「既然如此……老師又為何鑽研哲學？還要作那種違背常理的裝扮呢？」張曉森總算說出癥結點。

男人低下頭去思考如何曉以大義，「我想理解瀰漫於宇宙中的意識為何要否定本源的存在，我指的就是科學的思維模式。既然信仰也是完美理念的產物，為何不正面揭示真理而要以乖離的方式去達到理念的目的呢？我這身穿著以及所處的這座教堂都是意識形態轉變的所需歷程⋯⋯」隨著他的語調愈趨踟躕，張曉森意會到對方的觀念其實也不太堅定，「不去理解荒謬生成的歷史，就無法得知悖論如何催化世界帶給人的不安。信仰在群眾思維中的地位讓我不得不去正視其普遍性，既然是集體意識的重要範疇，我就有必要去理解⋯⋯即使我全然不信。」

張曉森突然插話道：「我認為這完全是多此一舉！並且相當可笑！」儘管聽得一知半解，但就男人遲疑的口吻，他堅信自己具備了指責對方的籌碼。

「其實你講得沒錯⋯⋯」男人的神情頓時顯得沮喪，這倒讓張曉森深感愧疚。明明自己也說著言不及義的話，何來有立場去批判對方呢？這個念頭直到他回到了小房間都未曾消失。

「你剛才跟他談了什麼？」林敏賢將麵包捧在手心，看似沒有食慾。

「為何這樣問？」

「因為你好像在想很多事情。」

張曉森認為自己和男人的對談僅僅是一場衝突，故不願多作說明，「我問他要怎麼下山。」

「那他說了什麼？」

「他說明天剛好有人可以順道帶我們下山。」張曉森不經意撒了個謊。

「是唷⋯⋯」她看著麵包若有所思，「那本書呢？你們談了書裡的內容⋯⋯對吧？」

「沒有。」張曉森明白對方並不滿意自己的答覆，然而此刻他只想好好休息。如果可以，他情願不再多說一句話。

入夜後林敏賢不停地咳嗽，對張曉森而言，那像是多年前的惡夢又再度回到了鐘塔下的房間，山風吹響了鐘聲，一陣又一陣敲打起跨越記憶的恐懼。張曉森不敢睡覺，擔心對方又會陷入瀕死邊緣，來回到食堂取水的路上他遇見了男人，他已換上了網球杉，頓時讓張曉森慌亂的心情沉澱下來，最起碼詭譎的氛圍淡去了，男人積極想幫忙的態度也令人備感欣慰。

「有發燒嗎？」

「她一直咳嗽，幾乎不能說話。」

「先給她喝水。我去拿耳溫槍……馬上就過來。」

回到房間的張曉森將油燈放在林敏賢耳邊，看著她額頭滑落的汗水，覺得自己並沒有照顧好她，從來都沒有。

隨後男人推開了房門，一陣風吹散了室內的煤氣。「睡覺的時候不要關門，這樣悶著她會受不了，」他同張曉森跪到榻前，「看這個樣子肯定是發燒了，先給她吃退燒藥吧！」接過藥包，張曉森心中縱有半點遲疑也只能相信對方，他不忍心再看著林敏賢如此難受。「明天一早我們再去鎮上找醫生。」

「老師先回去休息吧……有我在就行了。」

「好的。你也不要太晚睡，身體會撐不住。」

男人離開之後，他熄掉矮櫃上的油燈並將房門靠上，留了道小縫好讓空氣流通，自己則靠在門外的冰冷石牆睡著了。夜風吹入鐘塔，在迴旋梯間發出呼呼的聲響，然而張曉森聽不見那些，混沌早已蔓延無邊的夢境，就連時間都被拉伸扯破，瀰漫在毫無概念的虛空之中。

清晨時分，戶外迎來厚重的水氣，這應該是張曉森有生以來遇過最濃稠的霧。旭日升起並未穿透那灰茫背景，反倒被暈染成棉花般的光圈，恰似靈體於上方盤旋。露水沾在身上猶如唾液包裹著肌膚，昏沉的心著實摸不著方位。

揹著林敏賢的張曉森跟隨著男人的腳步在霧裡穿梭，終究他忍不住問道：「老師看得見路嗎？」

「閉著眼睛走都沒問題！」對方的聲音相當模糊，大概是受水氣的影響改變了介質，也或許和他背對著自己有關，「要休息一下嗎？」

「沒關係……繼續走吧！」

「再過半個小時就有人煙了。」

黑森林的蟬鳴在迷霧中混合成了更遙遠的聲音，林敏賢偶爾在耳邊叫起張曉森的名字，他都只是應付著回答，直說：「快到了……快到了！」至於要去哪兒卻總是忘了提起，所幸隨著迷霧退至身後，張曉森總算明白他們老早走在屋舍相鄰的街道上。

「怎麼都沒有人？」

「可能剛好遇上假日，大家都睡得很晚。」手錶顯示為八點，其實打從入山以來張曉森就對時間失去了概念。男人忽然朝前方大喊：「嘿！是翩翩嗎？」

有個渺小身影自遠處靠近，那是踩著輕快步伐的小女孩，耳垂下方掛著兩串馬尾，晃啊晃地好似蝴蝶飛舞。她瞪大眼睛問道，「陳老師你在幹麼？今天又不用上課。」

「我不是要去學校，快點帶我們去公所！」

她看著睡在張曉森背上的林敏賢說，「姊姊生病了嗎？」

「老師等一下再跟妳解釋……妳知道公所怎麼走吧？趕快帶我們過去。」

翩翩必須以小跑步的姿態引領著他們，走過一連串的三合院聚落，最後她在一處埕院外停下了腳步。張曉森問道：「到了嗎？」屆時雙手幾乎沒了知覺。

「大哥哥你等我一下，」翩翩走入院內將門口的板凳抬了過來，「你先讓姊姊坐著休息，」她舉起手指向剛才走來的路，「剛剛我們有經過公所，但是燈沒有開……現在要請阿伯去開電，」她口中的阿伯指的應該就是醫生，「陳老師可以陪我進去找阿伯嗎？」

這位沉迷於艱澀哲學的男人忽然換了親切的口氣說道，「兄弟你在這等一下，我馬上請醫生帶我們去公所。別擔心，她會沒事的。」

結果不到一刻鐘的時間他們就出來了，阿伯是位禿頭的老醫師，所剩不多的白髮服貼在額前兩側，恰似不久前才梳理過，但見他剛才和陳老師從陰暗的廳堂跑了出來，肯定是受了請託便急忙起身，理當沒有時間打理頭髮。或許身為醫師平時就相當注重儀表，然而就他腳下的藍白拖鞋和那件不合身的襯衫，實在很難說服自己能安心地將林敏賢交付給他。「我們趕快去公所吧！看她這樣子是需要打點滴。」

小鎮有著台北郊區的樣貌，房子依山而建呈現高低起伏的層次，和老家的環境很相似。雖然過去住的地方很接近市區，其實已經是沒入丘陵的河谷地帶。看著相仿的建築輪廓在山巒的背景中流轉，遂興起一股安慰。這些都是平時熟悉的景象，小貓行走在比鄰的圍牆上，小狗則趴在門前曬太陽，不同的是路上行人似乎都不太關心周遭事物，彷彿劇組安排的群眾演員不被允許說出一句台詞，只是配合他們慌亂的腳步好讓鏡頭下的自己顯得有多麼重要。道路兩側盛開的木棉樹撐起一片火紅花海，霎時有種不真實的感受。

公所是獨棟的建築，洗石牆面乾淨得反射出石材的色澤，推估是新建的房子。眾人將林敏賢安置在診間的病床上，隨後便讓醫師單獨看診，一群人退出了屋外。張曉森察覺一路走來的屋舍好似都落成不久，在門外守候時，他好奇地問了陳老師：「這裡是新規劃的市鎮嗎？」

「據我所知過去就有人住了，但不久前因應政府的觀光政策小鎮有翻新過一次，也來了許多新的住戶。」

忽然有名婦人走上了台階，「我是來幫忙的，聽說有人昏倒了？」她逕自走入公所，看來對環境相當熟悉，卻又不像專職的護理人員。

隨後陳老師看著他說，「兄弟，我還有些事情必須回教堂處理。」

「謝謝老師，真的非常感謝。」

「不謝了。」他揮了揮手離開了公所，身影隨即消失在轉角處，張曉森這才發現翩翩一直都蹲在牆角專注看著花圃。此刻她起身戳揉著後頸，「好熱唷！」

張曉森說，「進去吧！外頭太陽很大。」

翩翩自然地拉起他的手走入屋內，「小花太熱都枯死了。」

櫃檯上放了一支老舊電扇，扇葉旋轉的聲響吵雜，但仍可以聽見婦人在診間內和醫師伯的交談聲，卻又聽不清楚任何一句話，彷彿模糊的白噪音不具備語言該有的意義。

「我發燒的時候也打過點滴，」自言自語的翩翩突然拉高了聲量，張曉森這才意會到她是在對自己說話，「打完點滴就好了，之後也不用吃藥。」

張曉森回答她：「大哥哥的身體很好，從來沒打過點滴。」

「你沒看過醫生嗎？」

「當然有……但都只是小感冒。」

翩翩低下頭去回到自言自語的狀態，「鎮上的人都很少生病，只有一些注重學習的人。」

「注重學習的人？你指的是學生嗎？」

「不一定是學生……反正就是和陳老師一樣愛看書的人。」

張曉森覺得相當可笑，刻意用揶揄的口吻問她，「所以陳老師也經常生病囉？」

「陳老師他不一樣……可能老師比較固執吧！所以不懂得生病的真諦。」面對翩翩的童言童語，張曉森感到不可理喻，遂也無力招架，

隨後診間的門被打開了，首先出來的是拿著病歷的婦人。接著醫師伯也來到了客廳，「她看起來都沒有吃東西，身體相當虛弱……」不等醫師把話說完，抄寫病歷的婦人就立刻催促張曉森，「你幫她寫上名字吧！我們這裡沒有健保，但也不會跟你們收錢，你在最下面幫我簽名就行

了。」

入夜之後張曉森沉默地守在床頭，稍早婦人已將點滴取下，臨走前還特別提醒他平時夜裡會有鎮民相約來公所看電視，大門通常不上鎖。雖然鎮上不缺電視，但小鎮誠如汪洋中的孤島，人的心難免感到寂寞，結伴看電視遂成了當地男人最大的樂趣。原先婦人提議要在門口貼上告示，說裡頭有病人希望大夥兒今晚不要打擾，但張曉森反倒覺得人多才熱鬧些，自己也早就受夠了連日以來的離群生活。

傍晚時分林敏賢醒了，倆人沒交談地吃著便當。其實張曉森並不覺得累，就只是不想說話而已。林敏賢自然明白這幾天折騰下來內心難免有些麻木，並不認為對方冷落自己，當她得知夜裡會有人來公所看電視，感覺也是相當高興。

「終於有人可以陪你聊聊天。」

張曉森問她，「要不要吃水果？」

「有什麼可以吃？」

「她只給了橘子。」

「我剛好想吃橘子。你幫我剝吧！」

剝好了橘子，她卻早已倒頭悶進被窩。張曉森叫她，她則回道：「謝謝你……但我睏了，你自己吃吧……我知道你很愛我。」

他很開心，頓時覺得這一切的安排都瞬間有了意義，然而隨著掛鐘規律走過屋內的靜默，張曉森又逐漸感到無聊。他將夜燈調暗，心底竟盼望起那群人的到來。他後悔當初沒向婦人問明白他們可能來的時間，以至於陷入該不該提早鎖門的兩難抉擇，他甚至走出屋外查看婦人是否有在門口貼上告示。

所幸過了九點，姍姍來遲的窸窣交談聲總算紛沓而至，張曉森立刻走出診間打開大廳的燈。率先開門入內的中年男子喊道：「原來裡面已經有人啦！」起初對方似乎沒有注意到自己的登山褲，待第六位男子走進了公所，並輕輕地將門帶上，最早進來的中年男子才問道：「你不是本地人吼……看你這身裝備滿專業的，來爬山嗎？」其實張曉森早已脫下了外套，上半身的排汗衫就像中學生會穿的運動服，當下不免覺得對方有點先入為主。

「我和朋友來爬山。她有點不舒服，在裡面睡覺。」

「不要太逞強，很多來爬山的人都生了重病。」

待大夥兒都取好板凳就座，帶頭的中年男子便拿起了遙控器按下電源鍵，那些翻山越嶺外的都會光景逐漸在螢幕顯像。即便今晚只是上山的第三天，他卻覺得已經離開那些生活好久了。

「你平常都看什麼？」

不清楚對方是否在徵詢自己的意見，張曉森頓時有些尷尬，「都可以……我其實很少看電視。」

對方放下遙控器，眼前的廣告就快結束了。「等新聞開始吧！」右上角確實顯示著新聞台。

「阿官！你欲食薰無？」阿官就是那名帶頭的中年男子的名字，他微笑地接過身後遞來的菸，隨後看著後方的電扇說，「將彼台打開。」張曉森還來不及反應，便有人起身打開了電扇，張曉森甚至要等到那人都坐下了，才知道究竟是誰打開了電扇，熟練的身手彷彿一直以來都是由他來執行這項任務，這場聚會果真如同婦人所言是男人們的例行公事。

新聞的主題千篇一律，然而張曉森在意的並非那些內容，只要能在畫面上多呈現一點城市的樣貌，便可藉此找回一絲懷念，其中一幕剛好拍到他和楊振愷經常造訪的酒吧，腦海遂浮現那張秀氣而放蕩的臉，含在他嘴裡的那口杜松子酒頓時浸入舌尖。

「少年咧！你欲食薰無？」阿官點了第二支菸，同時也遞給自己一支。他害羞地點頭致意，好在眼下還有東西足以解決舌尖上的渴望，濃烈的煙霧霎時充滿鼻腔，吐出那口紮實的感受，空虛的感受終於被填補了。

隨著一支又一支的菸在日光燈下點燃，光線瞬間散亂成一團灰茫茫的棉絮。受到干擾的電視訊號穿透煙幕，和著交談聲形成不具意義的雜訊，原先的滿足由於過度擠壓又顯得悶悶不樂。此時幾個人影浮現在電視機前，張曉森感覺他們全都轉頭望向自己，像在觀賞鐵籠裡的動物。而當電扇吹開了煙霧，竟又發現所有人都直挺挺地盯著螢幕，好似剛才所發生的一切都只是幻覺。為何在那麼一刻會有如此離奇的感受？電視機微弱的音量瀰漫四周，幾乎無法確定聲音就是從前方的面板傳來，彷彿水中朦朧的波動沉悶而韻長。

「日前有登山客在中部山區發現疑似違法放置的核廢料，雖然台電表示核廢料已交由民間單位處理，但身為國營事業……」仔細聽著報導，總覺得內容似曾相識，隨後又來了另一則插播，是一起國道上的死亡車禍。隨後主題又再度回到與核電廠有關的公投案，「雖然公投案通過了以核能供養綠能的議題，但政府非核家園的立場不變，是否和這次核廢料事件有關，對此經濟部請外界不要多做聯想……」這般陳腔濫調反映著相似的事件不斷上演，猶如因果輪迴總未有停歇的一刻。下則新聞又報導了層出不窮的保育動物路殺慘劇，印象中這類議題近來頗受關注，他忽然想起前陣子才在網路上看到被貨車壓扁的石虎屍體，由於過度扁平，彷彿只是印在地面的塗鴉。

然而這回的主角是一隻被撞死的麝香貓，即便畫面被打上了馬賽克，仍可依稀辨識麝貓的全屍。當下他感覺男人們正為著那條逝去的生命默哀，如此深刻彷彿已成了牠的同類，在無數的忌日中細算末日的到來。但他們畢竟不是麝貓呀！

最後阿官關掉了電視，神情沒落地看著張曉森，「我們要回去了，你等一下要記得鎖門。」

「這裡治安不好嗎？」

「這裡的治安很好，但你必須提防另一種東西。」

張曉森轉而尷尬地笑著，「什麼東西呀？阿伯你不要嚇我……」

「講這種事情或許會引起你的不安，畢竟只要心存善念，不好的東西自然就不會靠近。但我還是想出於善意地提醒你，這座山林確實擺脫不了過去的怨念，有些罪惡得不到諒解，也有些遺憾始終無法釋懷。」

「鎮上不會鬧鬼了吧？」

「沒錯，就是那些悲傷的靈魂。」張曉森沒有回答，正等著阿官明白講出他的顧慮。「這片山區曾歷經殖民帝國的摧殘，也走過戒嚴時期的壓迫。居民們都相信每到夜晚，街上就會出現戰死的英靈，有些人說那是帶著獵槍的部落戰士正在找尋日軍的首級，也有人認為那是光復初期反抗政府的二七部隊。」

「二七部隊？」

「你應該有聽過二二八事件吧？」阿官又點起了一支菸，在迷茫的煙霧中微幅擺動雙唇，聲音很小也很模糊，張曉森則試圖聽清楚他所講的每一句話。「當年反抗國民黨的二七部隊為了不殃及無辜百姓，退守山中向軍政府備戰。年輕學子和族人聚集廟殿前誓師，意在島上建立起自由之邦。然而寡種懸殊，不幸敗走之後，他們轉往深山打游擊戰，想藉由霧氣和陡峭的地形削弱敵方意志。最後卻彈藥用罄而四處潰逃，部分勇士頑強抵抗，終究曝屍荒野。」

「既然都是英靈，應該不會傷害我們這些無辜的人吧？」

「未期他們受到政府的勸降，所剩不多的人抱著懷疑苟且度日。他們願為了國家而死，卻又不知該為誰而戰，執著革命將會造成更多傷亡，放下尊嚴又可能連累同袍。最後他們仍舊守著氣節，但全然迷失了方向，就像如今穿梭於山林的鬼魂永無安息之日。」

另一名男人笑道，「他騙你的啦！睡覺本來就要鎖門，別想太多！」其餘人等也從容起身，彷彿阿官所言真的只是捉弄自己的玩笑。

待眾人離去，張曉森立刻將大門閂好準備回診間休息，關電扇時不慎碰觸到遙控器的按鈕，意外發現電視又在重播剛才的新聞。正要關掉電源，忽然聽見中原標準時間的倒數聲，但他還來不及確認畫面右上角的計數，螢幕就熄掉了。

這不是小時候才有的東西嗎？後來他也無心再打開電視檢察，畢竟那個倒數只會出現幾秒鐘的時間。

睡到半夜覺得口渴，張曉森從躺椅起身走過床頭倒水喝，看著林敏賢的胸口規律地起伏，遂感到無比心安。路燈穿過毛玻璃在眼前顯像圖騰規律重現的美，那比起擁有黃金比例的單一圖像更具有深一層的境界，但看久了始終無法在心底投射出任何意義，使將焦點移出了窗框。忽然窗外一陣閃爍，好似有東西經過大街，隱約還聽見鈴鐺來回敲打的聲響，彷彿正隨著那東西的步伐一起一落。他屏息盯著眼前的玻璃，絲毫不敢移動，心想只要繼續保持這樣的姿勢，即便窗外有人經過也可能將自己錯認為診間內的人體模型。

那個東西慢慢地走近，穿過了埕院，就在大門外停了下來，張曉森原以為會聽到轉動門把的聲響。然而歷經冗長的等待，鈴鐺聲轉而往診間的窗戶靠近，一時張曉森心臟跳得很快，本想閉上眼睛，但那個東西卻冷不防地出現在窗框內。明明白白是人的輪廓呀！就隔著窗子和自己對望。身上看不出二七部隊的裝備，雖說好似赤裸著上身，卻也不見獵槍和配刀的影子。困惑與恐懼在心中擺盪，張曉森逐漸亂了氣息，僵硬的肌肉已不須再有意識地維持站姿。而在此當下，他也就只能這樣了。

即便看不見對方的雙眼，他卻感覺那人似乎正望著病床上的林敏賢，該不會是陰間來的鬼差吧！一股憤怒油然而生，正思索著自己應當有所作為，窗外的輪廓卻逐漸變得模糊，模糊的感受源自於對方舉起雙手時的殘影。但最終他理解到那並非殘影，而是猶如佛教護法神的三頭六臂。

他嚇暈了，以至於對後續的事情毫無記憶，清晨的陽光藉著窗框導入診間，張曉森這才知道自己整夜都躺在冰冷的地板上。

十

中午發生了大地震，山坡著火似的冒出大片白煙，其實全是土石滾落的沙塵。劇烈搖晃下許多房子都脫了根，合院建築朝內坍進了埕院，在相對稠密的街道上，店屋也是橫倒相臥，騎樓沒入磚瓦，使得終年守著陰影的風獅爺初見天光。

所幸他們所處的公所逃過了一劫，儘管牆面裂紋龍蟠糾結，主體構造依舊穩健。強震過後張曉森擔心天花板終究會崩落，但由於梁柱變形，診間的門怎麼也推不開。於是他抱起林敏賢想爬出窗外，好在窗框有半身高，霎時成了唯一的出口。

今晨朝陽升起時他曾回到躺椅上補眠，離開冰冷的地板，血液回流的熱度反倒融化了末梢的知覺，甚至到了現在依然提不起勁。本想讓林敏賢先趴上窗台，待自己翻出屋外再拖出她孱弱的身軀。但對方一時噁心想吐，自己在窗台上翻了身，仰著半個身軀吊掛在窗外，任由毒辣的太陽灼烤她蒼白的臉，猶如完成獻祭的牲禮。

逃出之後，林敏賢始終意志消沉，筋疲力竭的張曉森抱著她靠在脆弱的牆面，已無心顧及餘震可能造成進一步的坍塌。眼前飄過一陣灰白的霧，害得張曉森直打噴嚏，摸了臉頰才知道那並非樹林吹來的霧氣，而是屋舍倒塌後的煙塵。

張曉森振作地揹起林敏賢想上街求救，小鎮彷彿戰場煙硝瀰漫。偶然發現有身影在霧裡穿梭，便想叫住他們，卻沒有一個人願意過來幫忙。最後他絕望地放下林敏賢坐入一堆亂石，兩側崩塌的建築群一路延伸到路的盡頭，此時發現一名大人牽著小孩的黑影出現在遠方。

「他們在那邊！」是翩翩的聲音！一旁的大人應該就是陳老師。他們加快腳步跑了過來。

「你們沒事吧？房子都倒了，害我們搞不清楚方向，」陳老師理解張曉森的一臉茫然，「我們趕快去教堂吧！醫師伯在那邊照顧傷患，很多人都到教堂避難了。」

日暮下的教堂像座黑色巨人支撐起血色天空，這處臨時避難所儼然成為居民心中的依靠，即便不信上帝也能在夜裡有所寄託。走進大殿，一落落佝僂的身影蜷伏在陰暗角落，燭火微弱猶如星點閃爍，穹頂上的玻璃彩繪眼下已黯然失色。張曉森攙扶林敏賢走過災民們相仿的呼吸頻率，正由於生命存在著共同的渴望，聖殿才能維繫起本源的意志讓失落的靈魂不再飄散。幾經波折，他們又再度回到了鐘塔下的小房間。

「明天會有空投物資。下山的路被土石掩埋了……她必須自己撐過這場苦難。」提著油燈的陳老師站在門口，並不打算進來，眼下他是受眾人寄託的領袖，想必稍晚還有不少事情要忙。翩翩則守在病榻前為林敏賢擦汗，嬌小的身軀投映在牆上有著聖母的慈祥。

「她可以的！」張曉森篤定地看著陳老師。

「那就好……有這般信念她也不忍心再讓你失望。」

翩翩幽幽地說：「姊姊已經退燒了。」沒了稚氣的口吻，猶如一夜長大的孩子。

「妳的家人呢？他們不擔心妳嗎？」

陳老師替她回答了，「她是孤兒，父母才生下她就被黑熊給咬死了。由於住得遠，居民數十天後才在他們自己搭建的木屋旁發現屍體，好在當時翩翩剛好被送到鎮上，才躲過了劫難。」翩翩的影子在火光下閃爍，恰似飛舞的蝴蝶拍打著破蛹之初的姿態。

黑夜在末世的淒涼下喘息，草木依舊於哀傷中瞬息而生，萬物無常，總不曾停下腳步，這是宇宙唯一不變的意志。人不管選擇了哪一條路，都必需繼續走下去。

為了舒緩張曉森的緊繃情緒，陳老師邀他到庭院散散心。走過月色下的迴廊，徘徊心中的話題始終顧忌著對方的感受，反倒是張曉森率先開口了：「多年前我也曾經來這附近爬山，當時她也在……並且她還在一棟木屋中目睹兩隻小生命被黑熊咬死的悲劇，不免讓我聯想到當初收留我們的木屋主人也剛好是一對夫婦。這會是巧合嗎？」他的提問相當曖昧，聽在對方的耳裡卻是再清晰不過的質問。

「你大概懷疑翩翩不是人類吧？我能理解你的猜測，或許到目前為止，你在森林裡的所見所聞都與以往的現實脫節，但那又能解決你當下的困境嗎？如果這一切都只是幻象，那麼如今躺在鐘塔下的那個女生，是否也可能不曾存在於你的命生之中？假使她不是真的，你是不是就不愛她了？」

「說實在……有那麼一刻我是如此懷疑。昨天半夜我起來喝水，就在窗前見到了不尋常的事，再鐵齒的人都很難說服自己這座小鎮並非鬼魅的世界。」

「所以你也認為我是鬼囉？」

「至少和你談話的當下……我並不這麼認為。」

「那就好！如此一來我們才有繼續談下去的理由。」陳老師停下腳步看著他，「你為什麼要來爬山？」

「就剛才所講的，過去我們曾經來到這片山林，當初是為了找尋失蹤的家人。接著就發生了黑熊帶走無辜生命的悲劇……也因此她病倒了，就和現在一樣。當時她深信是自己害死了那對夫婦，昏昏沉沉地講了許多自責的話，我甚至以為她要死了，心力交瘁之下，我抱起她來到一處迷霧走不進的荒坤，她一度在那沒了氣息，所幸最後我們獲救了，是家人找到了我們。往後的日子我們在雙方家長的反對下交往多年，最後卻莫名其妙地散了，幾個禮拜前她又突然找上了我，說想回到記憶中的荒地。」

「那你知道她為何想要回來嗎？」

「對此我毫無頭緒……但是我在乎她，我很珍惜和她相處的每一刻。」

「即使是現在，你也不後悔答應跟她來爬山嗎？」

「我不後悔，只要能再找回彼此的默契，這趟旅程就算虛妄一場，我也已經享受過那些曾經遺忘的感受。」

「這倒不錯……你還算看得清自己的想法。」

「老師在這兒住那麼久了，應該知道那片荒地吧？」

「那是迷霧的中心，是神靈匯聚的地方。鎮上的人相信，人在歷經世間的苦難之後若有所覺悟，便能順著神靈的意志飛往天堂。但如今山洪已淹沒了荒地，聽下午從森林裡回來的人說，那裡已成了一片湖泊。」

「我們上來的時候曾經遇到一位久居山中的男人，他說原先附近也有一座地震後形成的堰塞湖，那會是同個地方嗎？」

「這點我就不清楚了，但這一帶之前應該沒有湖泊。」

張曉森相當納悶，「請問鎮上是否有一所寄宿學校？幾年前也是因為地震而倒塌。」

「你講的是森林實驗高中吧？一般是給外縣市學生就讀的貴族學校。可惜現在那邊的情況也不樂觀，下午才傳出不少傷亡。」

「那所學校沒有重建過嗎？我記得自己讀高中的時候台灣也發生過一場大地震，實驗高中應該就是在當時倒塌的吧？」

「我被你愈搞愈糊塗了……台灣經常發生地震，真的沒有印象你講的是哪一場地震。但就我所知森林實驗高中在此之前都沒有倒塌過。」

夜幕低垂下，森林已沒了層次，就像一道黑牆包圍著教堂。至此張曉森心中縱有千百困惑，也無法在破曉之前有任何解答。

隔天一早，守在病榻前的張曉森被轟轟的風切聲吵醒，立刻想起陳老師提過的空投物資，那肯定是軍方的直升機！隨後他聽見大殿上的騷動，眾人都等不及想趕快拿到食物。張曉森整夜沒吃東西，自然也感到飢餓，但又不想留林敏賢一個人在房內。她從昨晚入睡後就一直沒有醒來，醫師伯半夜裡來過一次，卻也沒交代什麼就匆匆離開了。

猜想現在陳老師大概忙得焦頭爛額，眼下只有翩翩可以幫他了。翩翩原先跟自己一起睡在榻前，醒來時卻不見蹤影，難道也是跟著大家到外頭等待分配物資嗎？才想到這兒房門就被打開了，翩翩端了一鍋粥小心翼翼地走了進來。

「大哥哥我們先吃這個，物資已經來了，等一下應該就有餅乾可以吃。」

「我也有聽到直升機的聲音。」

「以前聽到直升機的聲音，遠遠看還以為他跟小鳥一樣大。所以我就覺得奇怪——明明看起來飛得很慢，結果聲音居然這麼大，又傳得那麼遠，啵啵啵好像在空中打鼓，雲層都快被打穿了。」

除了陳老師，這幾天下來翩翩應該就是和自己講過最多話的人，即便有著年齡上的差距，總是雞同鴨講，居然反倒令他放鬆許多。

「我叫她起來吃點東西吧……」

翩翩輕輕放下鍋子，「先讓姊姊睡覺吧！她現在不需要吃東西。」

「不吃東西怎麼會有體力對抗病毒？」

「姊姊是因為很難過才會生病，才不需要對抗什麼病毒。」

「是醫師伯跟妳講的嗎？」

「不是，」她自信地說：「我一看就知道她心情不好，肯定是被大哥哥欺負了。」張曉森感到可笑，卻也接受了翩翩的提議，決定先不叫醒她。

大殿上的紛紛噪語如海浪湧現，漸漸變得人聲鼎沸，後來甚至有人開始大聲喧嘩，想必是為了分配物資而產生糾紛。過一會兒陳老師垂頭喪氣地走了進來，表情相當委屈。

「唉……這些人都瘋了！平常和顏善目的人現在都成了妖魔鬼怪，都說下午還會送來另一批物資，各個卻只想著填飽自己的肚子，昨晚還有人破壞食堂的門鎖進去偷東西呢！好在我的櫃子裡還囤了不少乾糧。」他指的就是門口的矮櫃。

隨後醫師伯也進來了，愁眉苦臉的樣子就和陳老師剛才回來的時候一模一樣。這兩位先生似乎忘了自己也該吃飯，翩翩接著又去食堂多拿來兩副碗筷，他們卻仍舊專心討論著糧食的問題。

「今晚就要起霧了，肯定會像去年那樣……持續個三到四個禮拜。屆時直升機飛不進來，東西一定會不夠吃。」

「聽說國小那邊的情況更糟，已經有不少人為了吃東西大打出手。」

「再這樣下去肯定會有更多騷動……」此時房門被推開了，大殿的喧囂像被打翻的水盆傾倒進來。他們看見一對母女怯弱地站在門外，母親臉上似乎有著紅紅的爪印。

小女孩害羞地問：「我媽媽想問你們這裡有吃的東西嗎？」她的雙眼直直盯著翩翩手中的稀飯。

陳老師走過去摸摸她的頭，「妳想吃巧克力嗎？」她小聲回答：「謝謝。」於是他彎身打開矮櫃，從黑壓壓的櫃中拿出一包巧克力餅乾，「要記得分給媽媽。」陳老師抬頭看了一眼女孩的母親，瞧見她臉頰的傷口，遂關心道：「給醫生擦個藥膏吧！搞不好會發炎。」

「沒事的！謝謝你們。妹妹快跟叔叔說謝謝。」

「可是我剛才已經講過了。」

那位母親尷尬地鞠躬道謝，隨後拉著女孩匆忙離去。

陳老師將門閂拉上，嘆息道，「希望下午的物資會比預期得多。」

午後遠方山頭又傳來轟隆隆的聲響，雲層很低，僅能聽見螺旋槳轉動的聲音。還不到傍晚迷霧就湧出了林外，遠方鞍部彷彿有白色巨人伏地爬行而來，四下瞬間成了一片灰茫茫的世界。

所有人都引頸期盼即將投落的物資，所幸直升機總算穿破了雲層，出現在前方的空地。一開始大家還遵照指揮待在迴廊內，但當一箱又一箱的物資從天而降，大家終於按捺不住跑了出去。張曉森在人流中被撞倒了，霎時慌亂的腳步在眼前閃爍，所幸驚險之中有雙粗糙的手將他拉起，是阿官。「少年仔！你沒受傷吧？」

「謝謝大哥，我還好……」張曉森輕揉著手腕，「感覺大家都瘋了。」

「正常的啦！誰都擔心會有沒飯吃的一天，」阿官一身素服，西裝褲下踩著藍白拖鞋，態度相當從容，「你是來幫陳老師的吼！來！我們一起走。」

眼看陳老師即將被群眾淹沒，醫師伯則被阻擋在外只能頻頻探頭張望。部分物資沒落在預定的投放點，早就被失控的群眾據為己有。之後藉由逐漸遠離的風切聲，推測直升機已經朝原來的方向飛去，直升機想要突破白牆，須憑藉著旋翼斬斷雲絲，然而迴蕩在山谷的餘波竟急轉直下，最終直升機成了失速的鐵殼，禁不住引力向下墜落。眾人卻只是譁然片刻，紛紛惋惜之後又低下頭去焦心於眼前的困境。

當下陳老師決定帶著醫師伯去尋找那些可憐的補給隊，幸運的話或許還能救下掛在樹梢的飛行員。阿官看著茫然的張曉森說，「真是命不好！醫生伯過去，實際上也只能陪他們嚥下最後一口氣。」

張曉森對於眼前所見難以置信，誠然沒意識到接下來的處境將會變得更加嚴峻。

回到大殿，張曉森發現翩翩和林敏賢的身影蜷縮在坐堂的階梯上，於是他帶著質疑的語氣問道：「妳為什麼要讓她出來？」

翩翩抬起頭以哭紅的雙眼望著自己，「壞人把我們趕出房間，還罵我想獨吞那些餅乾。」

阿官忿忿地說，「真是太超過了！這樣欺負一個病人。」

如今人們的話語彷彿躲入牆角的哭泣聲，即便有了補給仍舊無法振奮人心，連最一絲希望都像微弱的燭火在風中搖曳。空氣相當沉悶，林敏賢睡不著覺，她靠上張曉森的肩膀，用冰冷的手指搓揉對方的掌心。「你覺得我快死了嗎？」乾澀的嘴角浮現一抹微笑。

「要是妳死了，我會帶妳回到當初的那片荒地。」此時心底顯像的，卻是一片幽暗沼澤。

「為什麼呢？」

「之前妳快要死的時候……就是在那裡復活的。」

林敏賢沒有回答了，她緊握對方的手，似乎想傳達講不出口的話。

隨後阿官拿來一包蘇打餅乾，讓翩翩打開給大夥分著吃。翩翩似乎覺得味道太平淡了遂皺起了眉頭，一會兒又調皮地說：「偷偷告訴你們，我的背包裡藏了很多巧克力，比這個好吃。」

張曉森頓時變了臉色，並小聲訓斥，「不要讓別人看見，會有麻煩的！」

「我知道啦！但是這個餅乾好難吃唷……」

林敏賢摸了張曉森的頭，「她想吃巧克力，就讓她拿出來吧……我其實也想偷吃一塊。」

張曉森將包裝紙揉成一團，原本想直接塞入口袋，卻意外瞥見上頭的保存期限，這才知道餅乾已經過期了五年。

翩翩小心翼翼地拉開背包拉鍊。此刻忽然有人大聲喊道：「就知道你這個小混蛋偷藏東西！」右手邊有五個男人正在毆打一名縮在角落的男孩，「你這夭壽囝仔真會藏，把東西交出來！」其中一名男人想搶走男孩手中的袋子，男孩死命地抓著，口中大喊，「這是要給我媽媽吃的！」見他不肯放手，另外兩名男人又是上前一陣毒打，「你媽媽都失蹤了，想私吞還藉口這麼多！」

阿官實在看不下去了，走上前去好聲好氣地替男孩求情，「他只是個囝仔，也要吃東西……沒理由把他整袋拿走吧！」他要求雙方先冷靜下來，彎下身看著男孩的眼睛，「小朋友，你的袋子裡有多少東西？」男孩回答，「有五包捲心酥。」阿官勸他，「你拿三包出來給那些叔叔，自己留兩包好不好？」講這些話其實有點於心不忍，然而在這種情況下，無論是阿官還是男孩都別無選擇。

翩翩趁著這波騷動偷偷拿出一包巧可力球，但她不敢打開封口，於是將巧克力交給了張曉森，卻沒注意到自己早已引來他人的目光。其中一位搶走捲心酥的男人在帶頭的耳邊小聲說話，犀利的眼神始終盯著翩翩的背包。

阿官垂頭喪氣地走了回來，再看見張曉森手中的巧可力，臉上遂露出了擔憂，「自己小心一點，他們已經在肖想你們的東西了。」

過了午夜陳老師還是沒有回來，鐘塔內旋轉的風聲使得氛圍更加淒涼，教堂內明明塞滿了人，卻沒有一絲溫暖的連結。張曉森擔心那夥人可能會在熟睡時找麻煩，尤其林敏賢的咳嗽症狀變得更加嚴重了，沉悶的環境下格外引人注目。張曉森摸著她的臉說，「我很怕他們會過來搶東西。」

「如果擔心的話……就帶我走吧！」

「這麼晚了能去哪？妳現在這個樣子不能再出去吹風了。」

「但是在這裡我覺得不安全，隨時都感到窒息。」

翩翩悄悄靠了過來，「如果你們想逃跑，我可以帶路。」

一名男子時不時探頭觀望，要是明天再沒送來物資，就算陳老師回來了，也無法安撫下躁動的群眾。於是張曉森立刻決定帶著僅存的乾糧離開，「我們現在就走！」

攙扶林敏賢走出暗門，一股寒氣由樹林的方向吹來，迴廊盡頭有個身影在霧氣中抽菸，是阿官。「你們要去哪？食堂的門上鎖了。」

「我們想要離開這裡！」

阿官踩熄了菸蒂，嚴肅地看著張曉森說，「也好，明天這裡還不知道會變成什麼樣子……」

當下身後傳來了急促的腳步聲，阿官便要他們趕緊離開，「這裡交給我，你們快走吧！」

他二話不說帶著林敏賢往樹叢的方向走去，翩翩也跟緊了腳步。當濕漉漉的葉緣劃過褲管，硬生生將思緒拉往那座陰暗叢林，此時他聽見阿官與人扭打的聲音，翩翩馬上衝到前頭說，「大哥哥跑快一點，不要再回頭了！」

四下捲起摩娑葉浪，即便眼前一片漆黑，仍不見樹影搖晃，頓時颼颼的風聲颳得心底一陣紊亂。翩翩拿出手電筒照向前方，一團白影忽然顯像在不遠處，她立刻叫道：「不要看！快低頭。」翩翩關掉手電筒並害怕地將臉摀住，於是張曉森也別過頭去，並遮住了林敏賢的雙眼。林敏賢擔心地問道：「發生了什麼事？」張曉森當然也想知道，遂偷偷地回過了頭，他發現那團白影正在慢慢靠近，最後浮現一抹半透明的人影。最後張曉森逐漸能在朦朧的月色下辨識出那張臉孔，那是薄霧一般的張男，就這樣緩緩地從身旁經過，彷彿自己不存在似的。

接著身後又傳來追趕聲，「那東西已經離開了，我們快跑！」翩翩說。

再這樣下去會被追上的！他決定揹起林敏賢，加快腳步跟上翩翩，「那是誰？我好像認識他。」

「那是鬼魂，是死掉的登山客所變的。」

「不可能！我來之前有遇到他，還跟他說過話呢！」

翩翩竟忽略了他的問題，「大哥哥不要再講話了！我們快點走。」

「但是我們到底要去哪裡？」

「我們去湖邊。」聽到這句話，張曉森隱約嗅出潮濕的氣味，感覺腳下的土壤也愈發鬆軟，他們的確接近了有水的地方。

「這不是自投羅網嗎？她現在這個樣子不能游泳。」

「別擔心，我有辦法。」無計可施的張曉森只能繼續相信這位不及他胸口高的孩子，奮力闖過一幢又一幢的樹影。蕭瑟的夜風未曾停歇，樹林裡的迷霧也沒有淡去的跡象，這場黑幕下的脫逃彷彿失去了初衷，打從離開營地的那刻起，他就再也沒看清過世界的真相。

隨後一片黑色的平面上出現了皎潔月色，那是夜幕下的湖光倒影，湖畔有艘擱淺的木舟，彷彿原本就在那兒靜靜守候著婆娑眾生，將要載著眾人渡往無憂的淨土。

「嘿咻！」翩翩將背包扔在船尾，「上船吧！我昨天早上發現的。」

「我們要划去哪？」

「先別問，看那邊！」她手指向後方，發現樹林中有光火閃爍，「他們快要追上來了！」

張曉森趕緊先讓林敏賢在船頭坐下，自己則坐在中段確保對方不會消失在視線裡。他收起船槳先用竹竿將木舟推離岸邊，直到船身在平靜的水面穩定下來，大夥兒總算鬆了一口氣，「終於得救了……」

夜空下有隻鳥兒飛離了樹梢，震落的水珠淋在四周激起一圈又一圈的漣漪，那棵樹是聳立於湖面眾多被水淹沒的杉木群裡的其中一株，此刻他們就像誤闖聖殿的異客，在眾神的矚目下漂過一幢又一幢的廊柱。趴在船頭的林敏賢睡著了，張曉森立刻脫下外套蓋在她身上。

「繼續划吧！」翩翩的口吻逐漸像個大人。

「我們又能去哪呢？」

「總會有彼岸。」如今她嬌小的身軀裡似乎住著一顆成熟的靈魂，令人心生畏懼。他不敢回頭，於是抓起船槳慢慢地划。頭頂的星雲猶如河水流過，小船彷彿是宇宙中迷航的艦艇，漫無目的地穿過黑色叢林。「你害怕嗎？」身後的聲音說。

他終於忍不住問道：「妳到底是誰？」

「不曉得你指的是翩翩，還是現在的我。」感覺她挪動了身子，但沒有改變小船的重心，於是張曉森明白她並未起身。「我一直以來都是這個樣子，從未改變過……」

「我可以回頭看妳一眼嗎？」

「當然可以，我沒有約束你的能力。」

他先確認林敏賢安然無恙，接著緩緩轉動上半身，划槳握在手裡隨時可以用來防身。而當兩人的視線交錯，翩翩看著對方充滿疑慮的眼神說道，「你看吧！就跟你想得一樣，我並沒有變。」眼前的翩翩仍然是小女孩的模樣。

「妳明白我不是這個意思。」

「我只是你心中的倒影，從來都沒有矛盾。」

張曉森看著翩翩在水中的倒影，始終不能理解她所說的話。此時堰塞湖如同鏡面沒有一絲紋理，小船依舊靠著慣性朝著前方緩慢移動著。

張曉森問她：「妳不是真的人？」

「我替代她成為了一個人，原本我就要離開了，但是我放不下你。你先休息吧……」話一講完，張曉森感覺自己的腦袋坍縮成一團紙球，他頓時歷經了一段離開夢境之後將要通往現實的過渡期，意識裡有老舊磁碟機運轉的噪音，又或許像是兩塊無限長的棉布毫不間斷的摩擦聲。

醒來時天空泛著微光，月亮還掛在樹頂，黑森林外的輪廓卻已淡入漸層天幕，從地平線算起由橘黃到深邃的藍，反序映照在湖面。水霧散去了，四周沒有一點聲響，剛才他是面對船頭睡著的，此刻林敏賢依然維持相同的姿勢趴在前方，彷彿遺忘了時間在永恆裡長眠。

轉頭髮現翩翩不見了，難道她是在自己熟睡時不慎掉入湖中？恐怖的想法頓時如螞蟻爬滿全身，然而念頭一轉，思緒又再度沉澱在寒冷的湖面。就在此刻船頭輕輕靠岸了，到達的卻非想像中的彼岸，而是湖中央一座隆起的沙丘，一處迷霧無法靠近的地方。

「你害怕嗎？」是誰在說話？張曉森四處張望，在湖面沒有發現一點漣漪。沙丘上空無一物，只有除除微風通往天際。「你為什麼不說話呢？」張曉森這才驚覺林敏賢醒了。

看著自己的外套從對方的背影滑落，像在揭示不可言喻的咒語。「妳還好吧？」張曉森膽怯地問她。

「那應該是我要問你的話，你似乎很害怕。」林敏賢回過身，臉上皺起了眉頭，「而且你怕的人是我。」

「怎麼可能！」張曉森猶疑地說，「妳曾經是我最信任的人。」

「但現在不是了，」她莫名紅了眼眶，「而且我從來都沒有那種感覺，也從來都不覺得你是真真實實地相信我。」

「為什麼要講這種話？在我眼底妳是何等地脆弱，我總擔心著妳。以前的我很懦弱，但是後來不一樣了，現在我所做的一切都是為了妳！」

「張曉森……」林敏賢幾乎是以仇視地眼神看著自己，「若你了解一切真相，就不會再說出那種話了。你懂生命是什麼嗎？」

張曉森放大了聲量，「我不想和妳討論那些！這是在耍我嗎？」他不理解眼前的境地為何變得如此狹小，從一片詭譎荒山化為一座小鎮，再由荒謬的小鎮匯聚成眼前的湖泊。為什麼每個人都要說那些言不及義的話，又為何連自己最信任的人都要反過頭來批判將要被擊潰的信念。

「你從來不懂得生命是什麼，當初才會抱著她不肯放手。」

「告訴我！說妳和我一樣是個人！」

她低聲啜泣道，「我不是……對不起！我從來都不是。我只是在利用你而已，你還不瞭解嗎？那座小鎮只是過去投射在森林的倒影，你所看到的一切，包括坍塌的房子和虛偽的人類，都是精怪揣摩世間百態的幻象。」

「我當然不瞭解！」張曉森別過頭去大口喘息，接著又粗暴地搖晃對方的肩膀，「從什麼時候開始妳就已經不是她了！」

林敏賢不哭了，改以沉著的語氣說：「打從多年前她在山中死亡的那刻。」

「不可能！」他憤怒地給了對方一記耳光，「妳給我閉嘴！」

她摀起臉，全身顫抖地啜泣著。張曉森後悔自己打了她，慢慢伸出右手碰觸對方的手背，柔嫩的觸感仍有肉體的餘溫。過了一會兒，林敏賢再度幽幽地說：「我本是山中不起眼的麝貓，想代替她撫慰你當時的傷痛。後來會選擇默默地離開並非你的錯。你老想著賺錢，本以為你早藉此忘卻過去的事，對她的愛也沒那麼深刻了……」她換了嘲諷的口吻說，「世人不都這樣，邂逅時的迷戀愛得難分難捨，過眼雲煙竟又覺得愛情乏味。由於事業上的執著，你的身體老早不堪負荷，你原本就快死了，是我救了你……」她抬起頭看著張曉森，「會這麼說並非想博取一絲同情，但願你能理解必須就此忘了我，就如同當時應該忘了她一樣。但我現在明白你一直以來都沒有那樣作，你的執念很深，往後對我也可能如此，然而這並不是我想要的。由於我再也無法改變什麼，只希望讓你好好活著……」

張曉森打斷了她的話，「妳到底想要什麼？不要再拐彎抹角！」

「但願你能在此誠心地說愛我，就像我們短暫擁有的過去……」

遠方山頭忽然出現一團螢藍光圈，映照於湖面透出紫色綢緞的質地，並且渲染著粉色天幕。隨後螢光迅速地在眼前放大，光環中央有位莊嚴的神靈，三頭六背的形象猶如濕婆，就和那夜透過窗戶顯像的剪影一樣。林敏賢相當害怕，傾身靠上了自己的肩膀。

神靈緩緩地飄來，盤腿浮在土丘上方，展露無比耀眼的姿態。祂說：「本源的意識從未顯露光明，只是短暫藉由肉體重生。塵世的荒謬也只是幻象，身處幻象之中試圖窺探真實，自然什麼也看不見。生靈僅是眾多普遍意識交疊的現象，萬物無常，自在於時間軸上並非一脈象承，是妳太執著於他的幻象，以至無法領悟絕對精神的奧義。犧牲自己的修為來拖延他的陽壽並不會讓妳得道，違反婆娑世界的法則更會讓自己墮入十殿地獄。」

「不是的！只要他能讓我澈底覺悟，讓我相信他從未愛過我，我就能飛昇成仙，他也可以好好活著！」

「可惜不管他回答了什麼，妳都無法擺脫執念，愛情是妳心底萌生的相，只要妳不願放下，再多的確認都是徒勞。」神靈開始迴轉起數不清的臂膀，螢藍色的光輝頓時在祂胸前擴散，「我這就將他打入地獄，讓妳至此覺悟！」

十一

人生苦短而佛門無情，當張牙舞爪的鬼差拉著張曉森走過幽幽黃泉，兩側懸崖下方不時翻起沸騰的熱氣，頓時烤得他睜不開眼，周遭鬼哭神號更是令人想摀住雙耳。但手腳都被鍊住了，哪裡由得自己。

來到案桌前，秦廣王對他大聲喝斥：「孽生！身體髮膚受之父母卻不珍惜，這就讓你到孽鏡臺前看看自己一世如蠅狗往復。」

鬼差提起張曉森的衣領，將他拖到右側突出的斷崖邊。眼前的黑暗中逐漸浮現一抹青煙，煙絲勾勒出他孩提時的模樣，一路在父母的呵護下走過童年歲月，終於也到了該自己走路上學的年紀。小學畢業之前，張曉森就跟隨大人們的腳步踏遍市區郊山，上了國中更成為家喻戶曉的登山神童，不僅如此他還品學兼優，才讀到二年級便跳級進入了誠德女中的高中部。然而他的人生卻在此轉向另一條幽幽暗道，只能在綻放之後留下些許曝光的痕跡。

校園的長廊吹起微風，陣陣拍打溽暑中搖搖欲墜的渴望，林敏賢濕漉漉的肌膚析出龍涎般的結晶，催生著午後睡意。張曉森還聽得見生科老師講課的內容，但模糊的音浪卻在朦朧的視覺裡顯得愈來愈薄弱，木製講台猶如催眠的揚聲器交疊出一層又一層的共鳴。

「生命是意識的顯現，也是偶然自發的存在，有了共同的歷史記憶和精神傳承，人類才能在抽象的時間軸上感知生命的璀璨光芒，這是演變過程中逆流而上的反動。那些放棄為自己做出選擇的人往往匆匆走過一生，隨即遭世人遺忘，所以說呀！同學們一定要時常把握當下，老了才不會後悔。」

張曉森對於老師講過的那些話了無印象，當時絲毫不感興趣，然而畫面中坐在他身旁的女生卻舉起了右手，「老師！請問生命到底是什麼？」老師回答她，「我接下來要講的話對你們而言或許太深奧，但這是我唯一熟知的詮釋方式。你們眼前所見，無論是課桌椅或者身邊的同學，也包括窗外的小鳥和馬路上的引擎聲，都是由元素週期表上不同屬性的原子所構成，而生命與非生物之間的差別主要在於基因。一顆石頭一旦破碎了，那怕失去的只是萬分之一的重量，也很難再回到原先的形狀。但人的皮膚要是被刀片劃傷了，一系列的自發過程就會循著基因藍圖進行細胞修復，分裂之後再分化，逐漸恢復到表面沒被割傷的樣子。雖然生命的特徵不僅於此，但我敢保證所有現象都與基因相關，當然以上敘述還是不足以涵蓋所有生命現象，科學家到目前為止依然無法理解成就知覺的神經元，是如何在腦海中湧現意識的根源，又是如何藉由外在的刺激琢磨出區別你我的人格。若要我定義生命到底是什麼，老師也只能閉上雙眼彌入禪寂。」林敏賢當時聽得如癡如醉，在張曉森的眼中像是隨風搖曳的花朵。

掛在耳際那微弱的風聲停歇了，時間忽然變得緩慢，導致視覺上過度曝光，周遭事物遂轉化成不真實的色彩，輪廓相互擠壓形成一片不合理的色塊。然而畫面又瞬間崩解成林敏賢當年在荒地性命垂危的片段，世界好像壞掉了，從有序走向無序，終歸於熱寂後的混沌。

夏季的熱戀結束了，就在林敏賢重生之後，張曉森至此成為了群體社會中的一副齒輪，每日如飛梭翻轉，卻寸步不離生活的泥沼，到底成了行屍走肉，僅能依循基因藍圖執行肉體賦予他的功能。夜晚加班時，他經常回憶起林敏賢在水中游泳的姿態，腹瀉的早晨，他也會偶然想到小時候大人們總誇讚自己有朝一日能登上聖母峰。然而那些念頭僅僅是曇花一現，為了眼前的目標，他不願靜下心來傾聽靈魂的哭泣聲，終究辜負了初衷。

有天深夜張曉森獨自待在公司畫電路圖，忽然眼前一片昏花，感到相當疲憊。他起身走過辦公室裡一區又一區的屏風隔間，聽見自己的腳步聲在偌大的樓層盡頭迴盪，地面上的影子交錯消失在熄燈的區塊，途中張曉森發現遠方的茶水間還留有一盞櫃燈，於是他穿越了黑暗，在昏沉的燈光下再度現身，看著飲水機旁通風窗外的街景，覺得自己就像是個被塵世遺忘的孩子。

玻璃窗上半透明的倒影顯露一臉倦容，對面大廈樓梯間的逃生標示竟比起他那將要逝去的形體還要鮮明，他甚至有了自己已不在人世的錯覺。其實在那個當下鬼差就曾考慮將他帶走，即便一陣心如刀絞，執念卻頑固地抓回他失溫的軀體，那可笑的軀體禁錮著失重的靈魂，連死亡的權利也不放過。

孽鏡臺的青煙散去了，案桌上的秦廣王仍疾言厲色，「孽生！眼下將你打入餓鬼道受業，可有話要說？」面對裁決，張曉森無言以對。

餓鬼道誠如其名是我類相食的境地，位在欲界深淵。餓鬼髮長而疏，膚色鐵青且身形佝僂，雙眼布滿血絲，終日呻吟。由於嘴裡無牙，即便相食亦無法啃其筋骨，故而飢寒交迫。眼下眾餓鬼群聚於幽幽林間，雜林的輪廓彷若塵世，卻籠罩著不明的暗紅色調。不知是滲血的樹皮暈染了空氣，還是散不去的血色霧氣覆蓋著森林，總之無處不染血腥氣味。

這副景象令他心生畏懼，倏然發現自己也挺不起腰桿。前方如結痂的視野中有座操場大的血池，他忍受關節的痛楚爬向池水，每走一步都像在拉扯幾近離散的骨肉。來到池畔，果不其然發現自己在水中的樣貌亦如同對岸哀號的餓鬼，僅能從扭曲的五官依稀辨識出原有的神韻。這倒是他頭一回如此專注地望著自己，每找到一點像自己的地方，便在心底感激萬分，不知不覺竟痛哭流涕。接著血色天空閃爍起蜘蛛網般的青色電光，一道雷擊劈開對岸的枯木，霎時竄起火舌，野火隨即點燃了整座森林。

地表炙熱如煉獄，張曉森趕緊爬上身後一座布滿苔蘚的巨石。其餘餓鬼們則四處流竄，有些著火的想逃入池中，也有的不慎被推落水面的進而竭力掙扎，形成了上頭的想跳下去，溺水的想爬上岸的弔詭景象。不久之後池水將被燒乾了，悶雷仍在雲層裡蠢蠢欲動。下過雨後火勢有消退的跡象，池子又重回到早先的水位，幾具餓鬼屍首頓時浮出池面。張曉森小心翼翼地滑下巨石，蜷曲著身子躲在陰影中，細雨打在身上不覺寒冷，反倒有種被水擁抱的感受。

「終於找到你了……」張曉森不敢相信耳邊的聲音，他緊盯著自己赤裸的腳背，不願抬起頭，即便知道那人就在前方。「我翻了閻王的案桌，打碎了業鏡。縱身跳入六道輪迴，燃盡餓鬼之地，就想將你贖回！」他的腳趾陷入了泥巴，情願愈陷愈深，也不想面對她的聲音。「你為何不看我一眼？」

張曉森摀著臉大吼，「妳不要看我！不要看我！」講完便傾身向前，將臉埋入泥中。

「不要這個樣子……曉森！我這是要帶你回去。」

「我沒有資格當人了！不要管我……妳快走！」有著林敏賢樣貌的麝貓如同母親捧起他的

臉，並細心地抹去他臉頰上的泥巴，張曉森竟又變回了原本的樣貌。他的背部拉直了，莫名的疼痛也消失了，他卻轉而恥笑地望著對方，「妳到底想要什麼？妳只是一隻禽獸……再厲害的法術也改變不了妳的身分！」

「不管你接不接受，我這就讓你回去。」

「妳要的我給不起。」

「你說什麼？」

「妳只是一隻禽獸，怎能明白我對她的虧欠。那些偶然與妳經歷的回憶都是妳偷來的！」

麝貓的毛髮頓時由肌膚底層竄出，面部相當猙獰，雙眼甚至透出青光。張曉森的那番話似乎激怒了對方，眼下狂風四起，雷霆交加，再度嚇得餓鬼四處奔逃。她猛然一揮手將張曉森打落池中。

張曉森持續向下墜落，池水不深，卻能無止境地潛入深淵。肌膚碰觸到濕滑的介面，伴隨著自身速度在高黏度流體中滑行的快感，一剎那又彷彿衝破水體減緩了下來，至此他訝異還能自在地呼吸，喘息之間竟又浮在水面那樣載浮載沉。

漂流在漆黑的宇宙，周遭卻沒有一粒星點。缺乏光源的情況下他仍可清楚看見自己的四肢在空中揮舞，卻無法按照意志移動。最後他放棄了，任由混沌稀釋這僅有的存在。

失重的時空中沒有參考方位，或許是頭頂，也或許是前方，總之他抬起頭髮現遠處有色點正逐步放大，理應是緩慢接近的物體。直到足以辨識的距離，一圈紫色花苞瞬間綻放，花瓣自中心分離，輻射狀地飄過身旁，接著又有大小不一的花朵紛紛落下，下雪般飛揚在觸目所及的視線中。輕觸一朵淡黃色花蕊，流出的細粉逸散一陣芬芳，他逐漸能感受到花朵打在身上的重量，頓時引力攫獲了身軀，感覺自己已著根於地表，眼前終於浮現一片樹林環繞的天幕。

他在迷霧中將視線導正與地平線平行的方向，天空裡有秋季蕭瑟的風聲，聲音不大，卻是霧幕下唯一能聽見的聲響。樹林間沒有花鳥，單調的木紋和靜止的枝葉無聲地重疊，四下彷彿草率搭建的舞台，但細節竟又相當逼真。或許是迷霧簡化了世界的輪廓，讓庸人自擾的思緒不得不細心揣摩那實際的樣貌，人類總相信能藉由觀察和實驗抽絲剝繭地釐清真相，然而與其相映的因果關係卻又受到觀測的行為而改變狀態，以至於終究無法歸納出統一的結論。若不能讓心思單純，任何懸而未決的命題經過再嚴謹的辯證都將產生矛盾。

「你一定很迷惘吧？甚至有些害怕，」那聲音聽來遙遠，「接下來天色會變得更暗，你將什麼也看不見。」

「我再也沒有什麼值得擔心的了。」

「你忘了自己辛苦了一輩子，終於可以開始享受的人生了嗎？。」

「那無所謂……我在很年輕的時候就死了。」

「也是在這座森林嗎？。」

「是的。很抱歉害妳白忙了一場。」

「那無所謂。畢竟我也是為了自己才這麼作。」

「這樣看來妳我也沒什麼虧欠。」

「但是……我跟你的那些，真的完全都不算數了嗎？」

「就憑我的片面之詞，可能無法解答妳的疑惑。」

帶著啜泣的回音在迷霧中交疊，「你和她嘗過初戀裡懵懂的苦澀，不知何謂愛情，卻又陷得難分難捨，甚至在她飛昇之時都有淚水的滋養。你講得沒錯，我是偷走了她的果實，即便香甜，化在心底卻沒了味道。」

「如果這就是妳的回答，我再多說什麼也只是一廂情願。」

「你愛我嗎？」

「我不知道……」

「在海邊的雜貨店裡，你說過你的眼中只有我，那是真的嗎？」

張曉森忽然意識到自己的呼吸，因為迷霧裡蘊含著一股麝香，他試圖憋氣去迴避那看似別有用心的引誘，「因為在海邊的時候妳讓我想起了那條鯨魚，沒別的意思。」

「我懂了，你終究只愛著她……」

這句話讓四周安靜了好久，張曉森一度以為那飄渺的聲音已消失在迷霧之中。「妳走了嗎？」他不懂自己為何還要這樣問。

「我還在！」麝貓不再哭泣了，她轉而嚴肅地說，「到此為止了吧！我很抱歉自己在那段日子裡騙了你。畢竟感情只是曇花一現，你我之間的平淡也只是遺忘的過程，沒什麼好回憶的。」

張曉森卻不打算就此妥協，「我其實很珍惜那段日子。那間公寓雖然不是什麼好地方，沒有窗戶，通風也很差，卻剛好鎖住了妳的氣味。」

「為什麼又要講這種話？對你而言有什麼意義嗎？」

「不管那是不是妳的妖術，我還是時常懷念妳的味道。」

麝貓好氣又好笑地說，「我才沒有對你施展什麼妖術！」她又再度回到嚴肅的口吻，「既然都是場誤會，就別再提了！」

「終究也是一場美麗的錯誤。」

她忿忿地說，「你這是在嘲笑我嗎？不曾愛過我，又為何將那些事情放在心上？」

「我從來都沒有這樣說過！妳看不出來我為何要活得那麼辛苦嗎？」

「算了吧！你還不是為了自己，為了你對她許下的諾言。」

「妳要這麼認為……我也無話可說。」

「難道不是嗎？你以為我什麼都不知道？就因為我是一隻禽獸！」

「敏賢。」

「住嘴！那不是我的名字！」

「敏賢……我們不曾吵過架，並不是由於我對她有所虧欠。妳懂我，甚至比她還要了解我，所以那段日子我們才能過得安穩。」

「不過是因為你已經膩了！你把熱戀時的轟轟烈烈都交給了她，對我自然只有倦怠。」

「不是那樣！」

「就是！我就是你打發時間的玩具。」

張曉森一時無言以對，覺得自己就像她講得那般卑劣。此時天色悄悄轉暗，迷霧好似融化於陰影之中。他沮喪地對著天空說，「妳為什麼要回來？」麝貓沒有回答。「那天在咖啡店，妳親口告訴我妳要結婚了，知道我有多失望嗎？」

風聲消失了，眼前的森林就好像一幅沒有註解的插畫，安靜地令人窒息。

「曉森……說你愛我吧！說完愛我，你就可以回到自己的身體，之後就再也見不到我了，我會像當初的她一樣永遠地離開你。」張曉森沒有回答她。「我讓你說！你為何不說？」沒有起風，樹梢居然開始晃動，葉脈頓時蒸散出厚重的水霧，張曉森開始感到腦部缺氧。「說你愛我！否則我就讓你死在這！」

「我不想離開妳……」

麝貓的語氣中夾雜著淚水，濕漉漉地帶著絕望，「你為什麼這麼小器！連一句愛我也不肯說……」

喘不過氣的張曉森終於支持不住跪倒在地，嘴巴不自覺地流出大量的口水，他將雙手陷入土中，痛苦地握著土塊掙扎。「我想再見妳最後一面…」

「太晚了！」麝貓傷心欲絕，森林象徵著她的意識，在樹幹上析出數道淚水。「快說你愛我！你真的讓我很傷心……」

將要失去意識的張曉森終於在彌留之際脫口而出，「我最愛的人是妳，不管妳是誰……」

隨後世界變得模糊，像浸水的螢幕慢慢淡去眼前的色彩。綿延的風聲和葉浪沒有放下纏繞於耳的餘韻，森林中的水氣在陽光下緩緩蒸發，帶著棉絮的種子則繼續飄向更遠的河谷落地生根。萬物輪迴而生，壽盡而終，沒有一處起點能夠通往永恆的天堂。

「我知道你聽得見，快點醒來！」男人的呼吸相當急促，胸口的氣流在乾涸的肺部穿梭。張曉森希望自己能夠馬上清醒，好挽救對方將要缺氧的腦袋。然而除了聽覺和些微的嗅覺，其他感官仍在脹縮的宇宙中沉睡。「以為我不敢丟下你嗎？我告訴你！我身上沒帶傘，一下雨我就會馬上離開。」這嘔氣的話聽來是多麼幼稚，像情侶間吵嘴才會說的話，顯得相當可笑。張曉森依舊無法回答，卡在喉嚨的幽默感頓時令他難受，但也似乎能藉此找回一點知覺。接著他發現自己正在呼吸，平順而沉穩，大概是由於他的生命跡象如此明顯，對方才有耐心繼續守在身旁。

起風了，張曉森開始擔心就要下雨了，而男人是否真捨得離開？好在末梢神經已逐漸復元，風聲不再只是風聲，而是吹起髮梢的氣流。他專心感受體溫的變化，逐漸可以嗅到周遭的水氣，以及濃霧附著在袖口的重量。「我沒事了……」

「你醒了嗎？張曉森，知不知道我是誰？」

他試圖睜開雙眼，並非為了看清楚對方是誰，打從耳邊聽到的第一句話，他就曉得試圖喚醒自己的人是楊振愷。「你在跟我開玩笑嗎……」張曉森感到聲帶缺乏彈性地震動著，他必須很努力去控制肌肉，才能勉強發出沙啞的聲音，「你是比森林裡的任何一隻動物……」

「你到底在說什麼？你瘋了嗎？」

「你是比任何一隻動物……都還要禽獸的男人。」

楊振愷激動地抱起他，像對待失而復得的愛人，「都這種時候了還能開玩笑，算你命硬！」

至此張曉森總算睜開了雙眼，他抖動身上每一寸神經，確認自己還起得了身，「不要抱我，我對男人沒興趣。」

「我當然知道，不然你也不會被狐狸精勾引到這荒郊野外。」楊振愷起身拍去身上的塵土，「快點起來！沒時間再陪你耗在這了。」

由太陽的高度推算現下已接近正午，早晨的結露被蒸散成一片迷茫水霧，在光線的照射下彷彿千層薄紗垂掛眼簾。而他們所在的位置就位於荒地的邊陲。

楊振愷看著逐漸恢復神智的張曉森說，「聽說這一帶山區有很多精怪，都想藉著引誘旅人走入幻界，去學習芸芸眾生的姿態，渴望能在歷經塵俗劫難後羽化成仙。不少人都像你一樣被迷惑在虛幻世界，前陣子才有對情侶命喪此處呢……但精怪終究是精怪，無論乘載再多人類的記憶，依然無法體會人世間的愛。」

「或許吧……」張曉森失魂落魄地望著遠方。

「她呢？你的初戀情人。你不是跟她一起來的嗎？」

「她最後爽約了，所以我就決定自己過來。」講這句話的時候，張曉森凝視著樹林後方的那抹身影。朦朧的背景中依稀可見一位有著林敏賢臉孔的女子就站在破碎的陽光下，她的懷裡抱著一隻麝貓，正面對自己微笑著。隨後女子轉身離開了，一道青光投射出巨大的鯨魚浮上了天際，猜想那就是林敏賢最後的身影，要帶著她短暫的替身飛向無境的闇冥。

「你在看什麼？」

「沒什麼，可能是看到鬼了。」

「少開那種玩笑，我們快走吧！下山還要三個小時。」

「你最近很少爬山吧？」

「那當然！還不是為了你。我看你就要跟我回家提親了，晚上先去喝一杯吧！」

楊振愷的玩笑聽起來或許有些荒謬，但相比於山林中的荒誕，竟如同充滿哲理的命題隱含著矛盾背後的想像。

（全文完）

釀冒險42　PG2473

拼字遊戲

作　　者	維　克
責任編輯	喬齊安
圖文排版	蔡忠翰
封面設計	劉肇昇

出版策劃	釀出版
製作發行	秀威資訊科技股份有限公司 114 台北市內湖區瑞光路76巷65號1樓 電話：+886-2-2796-3638　傳真：+886-2-2796-1377 服務信箱：service@showwe.com.tw http://www.showwe.com.tw
郵政劃撥	19563868　戶名：秀威資訊科技股份有限公司
展售門市	國家書店【松江門市】 104 台北市中山區松江路209號1樓 電話：+886-2-2518-0207　傳真：+886-2-2518-0778
網路訂購	秀威網路書店：https://store.showwe.tw 國家網路書店：https://www.govbooks.com.tw
法律顧問	毛國樑　律師
總 經 銷	聯合發行股份有限公司 231新北市新店區寶橋路235巷6弄6號4F 電話：+886-2-2917-8022　傳真：+886-2-2915-6275

出版日期	2020年11月　BOD一版
定　　價	280元

Printed in Taiwan

國家圖書館出版品預行編目

拼字遊戲 / 維克著. -- 一版. -- 臺北市 : 釀出版, 2020.11
面 ;　公分. -- (釀冒險 ; 42)
BOD版
ISBN 978-986-445-422-8(平裝)

863.57　　109014740

讀者回函卡

感謝您購買本書，為提升服務品質，請填妥以下資料，將讀者回函卡直接寄回或傳真本公司，收到您的寶貴意見後，我們會收藏記錄及檢討，謝謝！

如您需要了解本公司最新出版書目、購書優惠或企劃活動，歡迎您上網查詢或下載相關資料：http:// www.showwe.com.tw

您購買的書名：________________________________

出生日期：________年________月________日

學歷：□高中（含）以下　□大專　□研究所（含）以上

職業：□製造業　□金融業　□資訊業　□軍警　□傳播業　□自由業

　　　□服務業　□公務員　□教職　□學生　□家管　□其它______

購書地點：□網路書店　□實體書店　□書展　□郵購　□贈閱　□其他

您從何得知本書的消息？

□網路書店　□實體書店　□網路搜尋　□電子報　□書訊　□雜誌

□傳播媒體　□親友推薦　□網站推薦　□部落格　□其他__________

您對本書的評價：（請填代號　1.非常滿意　2.滿意　3.尚可　4.再改進）

封面設計____　版面編排____　內容____　文／譯筆____　價格____

讀完書後您覺得：

□很有收穫　□有收穫　□收穫不多　□沒收穫

對我們的建議：________________________________

____

____

____

請貼
郵票

11466
台北市內湖區瑞光路 76 巷 65 號 1 樓
秀威資訊科技股份有限公司 收
BOD 數位出版事業部

(請沿線對折寄回，謝謝！)

姓　　名：________________ 年齡：________ 性別：□女　□男

郵遞區號：□□□□□

地　　址：________________________________

聯絡電話：(日)________________ (夜)________________

E-mail：________________________________